La memoria

1030

DELLO STESSO AUTORE

La briscola in cinque
Il gioco delle tre carte
Il re dei giochi
Odore di chiuso
La carta più alta
Milioni di milioni
Argento vivo
Il telefono senza fili
Buchi nella sabbia

Marco Malvaldi

La battaglia navale

Sellerio editore
Palermo

2016 © Sellerio editore via Enzo ed Elvira Sellerio 50 Palermo
e-mail: info@sellerio.it
www.sellerio.it

La poesia di Wisława Szymborska «Scrivere un curriculum» è tratta dal volume *La gioia di scrivere* ed è pubblicata su licenza di Adelphi Edizioni
All Works by Wisława Szymborska © The Wisława Szymborska Foundation, www.szymborska.org.pl
© 2009 Adelphi Edizioni S.p.A. Milano

Questo volume è stato stampato su carta Palatina prodotta dalle Cartiere di Fabriano con materie prime provenienti da gestione forestale sostenibile.

Malvaldi, Marco <1974>

La battaglia navale / Marco Malvaldi. – Palermo: Sellerio, 2016.
(La memoria ; 1030)
EAN 978-88-389-3486-5
853.92 CDD-22   SBN Pal0286730

CIP – *Biblioteca centrale della Regione siciliana «Alberto Bombace»*

La battaglia navale

*A Gino e Giovanna,
che se lo meritano*

All'est non c'è libertà di stampa,
all'ovest non c'è libertà dalla stampa.

Martina Navratilova

Inizio

Senza dubbio, in questi due anni, il Bocacito è diventato il ristorante più elegante di Pineta.

I tavoli sono rotondi, ampi e ben distanziati, con le tovaglie che cadono in impeccabili panneggi i quali mettono ancor più in risalto la perfetta stiratura; merito di Aldo, e della sua mania di passare il ferro da stiro direttamente sul tavolo.

L'apparecchiatura è di gran pregio: bicchieri di cristallo al piombo, tulipani freschi al centro tavola e piatti di porcellana Wedgwood eleganti ed insieme capienti, perché quando il rappresentante ha proposto a Tavolone dei piatti da risotto con la conca grande quanto un uovo il cuoco gli ha risposto guardi che le terme son dall'altra parte del viale, questo è un ristorante.

Il menù, anche, coniuga con raffinatezza la tradizione e l'innovazione, due parole che, insieme con «prodotti del territorio», non devono mai mancare in un ristorante nell'anno 2016, pena la squalifica; anche qui, merito di Tavolone, che dopo due anni consacrati a guardare Masterchef si è inventato piatti come «il mio riso cantonese» (riso cotto nella purea di piselli, guarnito con dadini di prosciutto di Praga, tuorlo d'uovo marinato grattugiato e perle di salsa di soia) e «il tiramisù al contrario» (maccheroni cotti nel caffè zuccherato, poi saltati in padella con la crema del tiramisù e serviti caldi con scaglie di cioccolato). Pilade, con bonaria perfidia, ha ipotizzato che il tiramisù al contrario fosse stato suggerito da Aldo dopo una riflessione sulle sue capacità virili di ottantenne, ma pare che la cosa non sia vera.

Anche l'atmosfera è garbata e signorile in ogni particolare, grazie alla musica barocca in sottofondo e alle librerie, che ospitano i maggiori capolavori dell'arte culinaria di ogni tempo, da Apicio a Nobu passando per Brillat-Savarin ed evitando accuratamente Jamie Oliver. Tra i volumi, già distinti per conto loro, si distinguono alcuni titoli forse un po' improbabili, come *Buono come il pene: le ricette di Moana Pozzi*, oppure *Cucinare l'uomo bianco* (sottotitolo *48 ricette dalla tradizione del cannibalismo centrafricano*), piccolo contributo di Massimo che se li è fatti fare apposta da un rilegatore di San Miniato.

Anche tra il personale, si distingue un elemento: vuoi per i capelli, di quel tono di rosso che fa scordare agli uomini di avere una moglie, vuoi per le puppe, di quel tono e di quel volume che fa scordare agli uomini di avere una dignità.

Insomma, un posto pregevole, rilassante e ricercato.
Ci sono solo due particolari che stonano.
Il primo particolare è un televisore acceso e sintonizzato sul Tg regionale, che in questo momento sta passando un servizio in cui si vedono degli esagitati a tor-

so nudo che sventolano bandiere nerazzurre, probabilmente privi di contratto di lavoro oltre che della capacità di controllarsi. Tutta colpa del Pisa, che ha ottenuto la promozione in serie B con cinque giornate di anticipo, scatenando la gioia più incontenibile anche negli strati più insospettabili della popolazione.

Gli esagitati, insensibili all'eleganza del locale a cui giunge la loro immagine, oltre a sventolare vessilli intonano cori da stadio; se il televisore non avesse il volume azzerato, l'atmosfera del ristorante risuonerebbe dell'indispensabile coro «La gioia del pisano è svegliarsi a mezzogiorno / guardare verso il mare e non vedere più Livorno».

Ma, per fortuna, il televisore è muto, e la stanza è in silenzio.

O meglio, sarebbe in silenzio, se ogni tanto non giungesse dal locale attiguo il suono deciso di una stecca da biliardo che colpisce una biglia, seguito dalla non ignorabile voce di un vecchietto di nome Ampelio che, col garbo consueto («To', preciso come un dito in culo»), commenta la qualità del rinterzo.

Non c'è niente da fare.

Puoi mettere le tovaglie più bianche dell'universo, puoi apparecchiare la tavola nel modo più raffinato che si possa pensare e puoi servire piatti da matrimonio regale; ma non puoi scordarti che sei a Pineta, e che a Pineta ti tocca rimanere.

– Allora via, ci siamo – disse Aldo, con tono di forzato entusiasmo.

– Ci siamo sì – ripeté Massimo, con gli occhi fissi al televisore. – Ci siamo, e ci resteremo.

– È chiaro. Noi restiamo qui. Sono gli altri che verranno. Sai, si chiama ristorante. Le persone che sono in vacanza, e che non hanno voglia di cucinare, entrano e si siedono. Noi li serviamo, e alla fine loro ci pagano.

– E si lamentano del conto.

Ci fu un momento di silenzio, che nemmeno Ampelio si permise di infrangere. Solo un caso, per carità.

– Massimo, ne abbiamo già parlato – disse Aldo dopo un attimo, con fare paziente. – Abbiamo puntato su un locale di un certo tipo. Bistronomie, prezzi contenuti a pranzo...

– E piatti da turisti la sera. Lo so. Me l'hai già ripetuto un googol di volte. Hai avuto fortuna che il ristorante è stato chiuso per l'inverno, così te l'ho sentito dire solo come mio cliente e non come socio. Non potrei mai dire a un cliente quello che ti avrei detto volentieri come socio.

– Veramente i clienti li mandi a fare in culo spesso.

– Hai ragione. Questa volta in effetti ti dovrei mandare in culo come socio. Di chi è stata l'idea della bistronomie?

– Sì, devo ammettere che non è andata come speravamo – continuò Aldo, sottolineando il plurale con serenità non priva di un certo fatalismo.

– Non è andata come speravamo no – disse Massimo, indicando con la mano verso il televisore, laddove i disoccupati avvolti in bandiere nerazzurre stavano proponendo a voce azzerata ma ugualmente stentorea la sempre valida associazione Livorno/letame. – Se i potenziali clienti dovevano essere questi animali qui...

– Bistronomie, prezzi contenuti a pranzo e cose più sfiziose a cena – ripeté Aldo, fedele al suo ruolo di didatta con l'arteria duretta. – E non è andata. Adesso tentiamo qualcosa di diverso. Fidati.

– Meno male che non mi hai detto di stare sereno. L'ultimo che se lo è sentito dire...

– Ecco, eccolo! Dài volume, dài.

Con un colpo di pollice, Massimo rese la favella al televisore, che adesso inquadrava un cuoco grosso come due cuochi legati insieme, appoggiato con le mani su un piano cucina di acciaio levigato.

La scritta in sovrimpressione diceva laconicamente: «Otello Brondi "Tavolone", ristorante Bocacito, Pineta».

– Sarve. Oggi cucinerò per voi la trippa di seppia alla mi' maniera.

Seguì una sintesi dell'esecuzione del piatto, con tutti i passaggi salienti commentati da Tavolone con disposizioni in congiuntivo tattico («prima cosa, si prendano le seppie e si taglino a strisce») che, se pronunciate di persona, avrebbero causato ad Aldo un enfisema ma che, pronunciate in televisione con il nome del ristorante sotto in bella evidenza, gli dipinsero in volto un sorriso soddisfatto.

In trenta secondi, la seppia venne lavorata in modo da sembrare trippa e infine impiattata con cura barocca dalle ditona di Tavolone, guarnita da un ciuffetto di prezzemolo. Dopo di che, il piatto venne appoggiato e, subito dopo, la televisione spenta.

– Certo che è migliorato parecchio parecchio Tavolone – disse Aldo alzandosi dalla sedia. – Prende delle materie prime da mensa dei poveri e ci tira fuori dei capolavori. Ora gli è venuta questa mania della seppia...

– Grazie a Vishnu – commentò Massimo rimettendo la sedia a posto, che se aspettiamo che ci pensi Aldo addio. – Se si appassionava all'aragosta ci toccava alzare i prezzi dell'altro.

– Massimo, ascolta. Abbiamo tentato con una strada, e abbiamo arrancato. Adesso si prova qualcosa di diverso. Le cose sono come sono, e non come si vorrebbero.

– Appunto. Io so che i ristoranti di alta cucina sono delle voragini, e che esattamente alla riapertura della stagione io dovrei lasciare il nostro ristorante in mano a te e andarmene in vacanza una settimana.

Aldo sospirò.

– Primo, i ristoranti di alta cucina sono delle voragini principalmente per i costi di personale. Qui siamo in quattro: io e Tiziana in sala, Tavolone e Natasha in cucina.

– E sarà bene che ci resti – disse Massimo, che rammentava la cocente delusione di quando Aldo aveva detto «ho trovato la lavapiatti, è una ragazza ucraina, si chiama Natasha» e tutti i vecchietti lì a immaginarsi la gemella della Stefanenko, per poi ritrovarsi davanti la versione femminile del compagno Černenko.

– Sarà bene che ci resti sì. Brava, veloce, precisa, stira le tovaglie che è una meraviglia, è puntuale e non chiede l'aumento. Comunque, come spese di personale siamo il ristorante più asciutto d'Europa. Anche grazie a Tiziana, che passa qui più tempo di quanto il contratto non prevederebbe. Il che mi porta al punto secondo.

– Sì, lo so – sospirò Massimo, con teatralità. – Si è rimessa con Marchino, nonostante sia il più brutto e il più scemo dei non pochi pretendenti all'onore. E che ci posso fare?

– Tu niente, e neanch'io – rimbeccò Aldo. – Di chi va a letto con chi non me ne frega nulla, non faccio il vescovo. Il punto secondo è che anche te passi troppo tempo qui dentro. Devi andare in vacanza.

– Che discorsi. Anche te passi la vita qui. Lavori al ristorante, e passi il tempo libero al bar, che è a una distanza media di dieci metri. Mi chiedo quando incomincerai a dormire sul biliardo.

– Quando ne comprerai uno col materasso al posto del panno. Io sono vecchio, e ho la schiena che sembra una strada di montagna. Sono vecchio, vedovo e solo –. Pausa.

Una pausa più lunga di quelle fisiologiche di Aldo, e che per un attimo gettò Massimo nel terrore. Ma fu, per l'appunto, un attimo.

– Te invece sei giovane e, nonostante la tua abitudine di trattare la gente a scorregge, hai anche trovato una fidanzata.

– Giovane una sega. Ho più di quarant'...

– Vuoi fare a cambio?

– Col tuo presente, no. Col tuo passato, pensandoci...

– Il mio passato di oggi è quello di pomodoro, che Manitù mi perdoni la battuta. E il tuo presente è che sei

fidanzato con una ragazza bella, lavoratrice, schietta e talmente incazzosa che se ti azzardi a rimandare una vacanza prenotata da sei mesi prima ti lega allo scaldabagno e poi parte da sola. E farebbe bene.
– Sì, forse in questo caso...
– Ti risparmio l'immane sofferenza di dar ragione a qualcun altro. Dammi retta, parti, vai in vacanza e levati dai coglioni per una settimanetta. Qui non succede niente – disse Aldo, in tono sincero, calmo e rassicurante.

Dimenticandosi una cosa.

Che, come detto all'inizio del capitolo, siamo a Pineta.

Un posto dove ammazzano una persona l'anno.

Uno

«... questo quindi il proclama che il presidente ha voluto lanciare ai tifosi. Pensare subito a lavorare per un mercato che permetta al Pisa di rimanere in serie B e magari, chissà, di cullare qualche altra ambizzione, e riportare la nostra squadra dove si merita. Tutto questo, da domani. Oggi, per ir Pisa, è ir giorno delle tre esse: esse come serie B, esse come successo, esse come sciampàgn».

E, con un ultimo sorriso ebete, il giornalista abbassò il microfono, mentre intorno a lui una decina di cassaintegrati saltavano e cantavano, contenti, per una volta, di non essere in grado di distinguere il lunedì dalla domenica.

– S'è scordato di di' «esse come stupido» – commentò Pilade, con molto meno entusiasmo. – Cosa ci sarebbe da esse' contenti, poi...

– Davvero – scosse la testa Aldo. – Pensare che ai tempi di Romeo eravamo una potenza.

– Arriva quell'artro – bofonchiò Ampelio, distogliendo lo sguardo dal televisore. – Siamo colle pezze ar culo, c'è mezzo mondo che 'un cià nemmen quelle e è lì che pigia per veni' da noi, e lui penza a Romeo.

– Io ho solo commentato quello che diceva Pilade – si schermì Aldo, alzando le spalle. – Mi ricordo che ai mondiali del '98 c'era gente come il capitano del Brasile e il capitano dell'Argentina che erano ex giocatori del Pisa.

– Be' tempi, sì – concordò Ampelio. – Ora invece da noi ci viene il capitano della Libia e quello della Siria. Ma no di carcio, di tiro ar piattello. E invece di spara' a' piattelli sparano alle perzone.

Seguì un attimo di silenzio.

Nelle regole del contrappunto da bar, in questo momento in teoria dovrebbe intervenire il Pensionato Di Destra, strumento essenziale in questo genere di composizioni, con una bella modulazione in tono maggiore sul tema «*i mussurmani son tutti criminali-dall'iracheni all'arabi sudati-andrebbano buttati tutti fòri-artro che falli entra', dimmi di no?*». E anche i vecchietti, a questo punto, tacquero un momento, consapevoli che fino a poco tempo prima sarebbe stato il momento di Gino Rimediotti.

Così come, fino a poco tempo prima, sarebbe stato compito di Gino leggere sul «Tirreno» le notizie salienti ad alta voce, con quella lettura in stampatello maiuscolo che andava avanti inesorabile, a patto di non incontrare qualche parola in una qualche lingua straniera.

Il fatto è che quella voce, purtroppo, non c'è più.

Gentile lettrice, non scuotere la testa. E, caro lettore, levati quella mano di tasca. Ho detto che quella voce non c'è più. Quella voce, e solo quella voce. Il Rimediotti, invece, c'è ancora; solo, non parla più come prima. Colpa di un intervento alla carotide per rimuovere una pericolosissima placca aterosclerotica. La rimozione è andata a buon fine, per cui il caro Gino continua ad avere un normale afflusso di sangue al cervello; disgraziatamente, per rufolare tra le arterie il chirurgo si era dovuto fare strada attraverso muscoli, nervi e altro materiale fisiologico. Risultato, adesso il Rimediotti per parlare doveva premere un tastino; proprio come una radio, però sintonizzata parecchio male.

Il dito aduncò si posò sul tastino, e un attimo dopo il Rimediotti articolò:

– Afrgherebbero-bfwttati-tfwtti-fòri.

– Oh, meno male – commentò Pilade, levando anche lui gli occhi dal televisore. – È arrivato il giustiziere della notte. Gino, siamo nel duemilasedici, no nel millenovecentotrentasei.

– Fwa-piacere. Vor-dì chhhe – otthwantanni che-ragiono-così. Io-ho-sfwhempre ragionato così.

– Appunto – interloquì Ampelio. – Io andrei a chiede' i soldi indietro ar chirurgo. Primo, perché ragioni a cazzo di cane come prima. Secondo, perché t'ha messo le varvole. Siamo nel dumilasedici, ormai si fa tutto co' transistor.

– A proposito di transistor, guarda un po' il televisore.

– Perché, fa le righe?

– No, perché quella è casa tua.

Ampelio voltò la testa, in modo coordinato con gli altri tre. Sullo schermo non proprio la casa di Ampelio, ma un posto parecchio vicino, ovvero la spiaggia dei Sassi Amari; una delle calette meno brutte di Pineta. Una spiaggetta di sabbia difesa da un abbraccio di scogli aguzzi che a primavera avanzata sarebbe stata un posto ideale per fare il bagno. Sarebbe stata, se non fosse che a) siccome è fine aprile, fa ancora un po' freddo, b) siccome vicino c'è il porto di Livorno, l'acqua non è mai troppo pulita e c) siccome siamo a Pineta, c'è un cadavere sulla spiaggia.

Intorno al cadavere, disteso sotto un telo, si affaccendavano varie figure dalla funzione non chiara, mentre in sottofondo una voce informava:

«La tragica scoperta è stata fatta stamattina da un pescatore, che dopo aver raggiunto la sua postazione usuale sugli scogli ha notato il corpo della donna. Il corpo, martoriato dagli scogli su cui la risacca l'ha spinto dopo aver passato non si sa quanto tempo in acqua, è stato recuperato dai responsabili dell'Istituto di medicina legale...».

– O-cos'è, arrivano anche-qui 'migrfhwnti?
– Sì, bòna. Da dove è partito, dalla Sardegna?
– Ba', non si sa mai – analizzò Aldo. – Anche in Sardegna di musulmani ce ne sono parecchi. A quanto ne so, però, di lavoro fanno lo sceicco. Difficile che emigrino a Pineta.
– Andfwte-culo...

«La salma è quella di una donna di età compresa, apparentemente, tra i venti e i trent'anni. Difficile dire di più, viste le condizioni del cadavere. Avvisi sono stati diramati in tutta la regione per identificare la ragazza. Chiunque avesse notizie...».

– ... è pregato di tirarle fuori alla svelta, che io devo andare in vacanza – disse una voce, mentre la porta a vetri le si chiudeva alle spalle.

– Oh, signorina Alice. Come va?

Prima di rispondere, Alice raggiunse lo sgabello di fronte al bancone e vi appoggiò la borsa, un sacchettone di pelle di fattura simil-andina e di dimensioni inquietanti. Poi, dopo un sospiro di sollievo, alzò lo sguardo su Aldo.

Su una cosa Alice Martelli, vicequestore di Pineta da poco più di due anni e fidanzata ufficiale di Massimo da poco meno di uno, e il suddetto fidanzato andavano completamente d'accordo: entrambi detestavano le domande inutili. Una base solida su cui costruire una relazione, visto che in tutte le altre caratteristiche – numero di amici necessari per vivere, orientazione politica, modo di vestirsi e altro – sembravano l'una agli antipodi dell'altro.

– Va come una che si è trovata sul gobbo un bel cadavere da identificare giusto una settimana prima di partire per il Portogallo.

– To', ma il Portogallo rimane lì anche se partite una settimana dopo.

– Ampelio, io lo so che ai suoi tempi in ferrovia prendevate le ferie otto volte l'anno e con un giorno di preavviso. Però, vede, io lavoro in polizia. Se non le chiedo un anno prima, non me le danno. Anzi, a volte nemmeno a chiederle un anno prima.

Si vede che la commissaria avrebbe voglia di continuare il discorso; si sa, spesso i discorsi inutili sono principalmente quelli delle altre persone. Però, proprio in quel momento, dal fondo della borsa della ragazza era partita la Cavalcata delle Valchirie.

Ai tempi di Ampelio, se da una borsa di pelle si fosse sentita della musica di Wagner a tutto bordone, probabilmente qualcuno avrebbe chiamato l'esorcista; oggigiorno, la cosa non spaventa nemmeno la più pavida delle donnette, figuriamoci Alice.

La ragazza, per prima cosa, infilò la mano nella borsa; poi, dopo aver ravanato per qualche secondo, ci entrò dentro a tutto braccio con decisione. Quindi, dopo qualche altro secondo, risolse che non era sufficiente e aprì l'oggetto con un garbo da ortopedico degli yeti, entrando poi nell'anfratto direttamente di testa, per riemergerne un istante dopo con il cellulare già all'orecchio.

– Pronto!

Subito dopo, guardò l'oggetto con disappunto.

– Ma io vorrei sapere che fretta ha la gente. Tre squilli e poi buttano giù.

– Veramente son dieci minuti che suona. A questo punto il villaggio vietnamita era già avvolto dalle fiamme – si inserì Massimo, appena entrato dal retro del bancone. – Comunque, Wagner non mi dispiace. Si sposa a perfezione con il nuovo tono di voce del Rimediotti. Chi era?

– Buongiorno anche a te, amore – disse Alice, sempre guardando il cellulare. – Era il medico legale, dopo lo chiamo. Tanto da lì di solito non scappa nessuno. Prima me lo fai un cappuccino?

Mentre Alice appoggiava con delicatezza il telefonino sul bancone, Aldo la guardò con aria di disapprovazione.

– Ma siete tutti così insensibili in polizia?

– Più o meno – annuì Alice, compunta. – Lo diventi, dopo un po'.

– Poi, sai, dipende dalla prospettiva – disse Massimo, mentre montava la schiuma, indicando con il mento la televisione, che il Rimediotti aveva appena sintonizzato su un programma di metà mattinata che prometteva disgrazie a ciclo continuo. – Per voi è divertimento, ma per lei è lavoro.

– To', divertimento – protestò Ampelio. – Questa è informazione. Io qui ci vivo.

– L'ho notato – disse Massimo, mettendo di fronte alla commissaria una tazza con una spuma bianca orlata di cioccolato. – Ecco qui, un bel cappuccino fatto come il Grande Architetto comanda. Sfoglia?

– No, grazie. Da qui fino alla partenza ho deciso e faccio la brava. Già torneremo due boe. Credo che il Portogallo sia il paese dove si fanno le colazioni più buone dell'universo.

– Mhfewglio-dell'Italia? – chiese Gino, riuscendo a dare un tono di incredulità nonostante la scarsa risoluzione.

– Non ha idea, Gino. C'è questo monastero, Belém, dove fanno dei pasticcini che si trovano solo lì. *Pastéis de Belém*. Me ne mangerei un vagone. Se andassi due mesi a Lisbona, partirei Michelle Hunziker e tornerei Platinette.

- Allora menomale ci state solo una settimana – approvò Ampelio. – Già c'è Pilade che paga il suolo pubblico da quant'è grasso, ci manca anche lei.

– Potresti andacci anche te a Lisbona – replicò Pilade, calmo. – Dice è tanto un ber posto, potresti anche rimane' lì.

– Intanto speriamo di andarci una settimana – disse Alice, posando sul piattino la tazza bella vuota, dopo essersi lappata con una puntina beneducata di lingua la schiuma sul labbro. – Che se dioguardi quella poveretta che hanno trovato morta sulla spiaggia non la identifica nessuno...

– Chìe, quella donna morta sulla spiaggia?

– Perché, ne hanno trovate altre?

– E si sa nulla? Lei la conosceva?

– No. L'ho vista. Ragazza giovane, alta, in salute. Bionda naturale, occhi azzurri. Abbiamo fatto fare un identikit, ma il viso è gonfio e gli scogli ci hanno dato dentro. A vederla sembrerebbe una dell'Est, ma si dice male.

– Maghri-è una prswtitutha?

– Non credo. Le mani sono curate ma senza unghie smaltate e non ha un aspetto volgare. Ha un tatuaggio particolare, speriamo in quello.

– Un tatuaggio. Ho capito. Uno di quei bei tribali, come vanno di moda ora, che sembra ti sia passata una motocicletta sur un braccio...

– Abbia pazienza, Pilade – disse Alice, smettendo di raschiare la schiuma dal fondo della tazza col cucchiaino – ma i tribali andavano di moda quand'era giovane Massimo. E comunque non posso dirglielo, è una informazione riservata.

Quand'era giovane Massimo?

– Via, signorina, qui siamo guasi in famiglia...

– Vero. Cominciano tutti a comportarsi da suocere – osservò Massimo, asciuttino.

– Comunque – troncò la commissaria – spero che qualcuno la identifichi alla svelta, perché sennò mi sa che le ferie me le passo a Pineta.

– To', c'è gente che ci viene apposta a passacci le ferie a Pineta – si inalberò Ampelio. – Vengano anche dall'Inghirterra, sa?

– Che gli inglesi siano persone perverse è cosa risaputa – fece notare Massimo. – Poi, te lo ridico, è tutta questione di prospettiva. Per uno che vive in montagna, forse la settimana bianca non è il massimo della vacanza. E comunque io il medico legale lo chiamerei. Magari ti vuol dire che l'hanno identificata.

– Sì, lo so. O meglio, lo spero. Non volevo rovinarmi il cappuccino, nel caso in cui... Ecco, nemmeno a pensarlo...

Il cellulare, infatti, aveva ripreso a vibrare con ardore, marciando deciso verso il bordo del bancone al ritmo vagamente nazista della suoneria. Prima che l'oggetto si suicidasse per ordine del Reich, Alice lo afferrò al volo.

– Pronto! Sì, sono io. Come? Ah. È già dal medico legale? Ho capito. Ma chi è? È un parente? Ah, ho capito.

Dopo aver guardato l'oggetto con rinnovato affetto, la commissaria lo lasciò cadere con decisione nel borsone.

– Via, pare che qualcuno si sia già presentato in laboratorio. Speriamo bene. Amore mio, mi sa che ci tocca andare in vacanza.

– Non ti dispiace passare le ferie con un vecchio?

– Con uno solo no – sorrise Alice. – Con cinque, magari, cominciava ad essere un po' troppo.

– Non sa cosa si perde – disse Aldo, signorile.

– Lei-nrhon lhfwo sha, e-te the lo sfwhei scordato...

Due

– Allora, adesso mi manca solo la cerata e poi siamo a posto. Abbiamo fatto presto, no?
– Direi. Solo, mi sfugge a che cosa ti serva la cerata, visto che andiamo in Portogallo a fine aprile.

Il che era solo uno dei sette o otto dubbi che erano venuti a Massimo nel corso della mattinata.

Mattinata consacrata da Alice allo shopping prevacanza, e nel quale Massimo aveva ricoperto il ruolo di accompagnatore-personal stylist-sherpa-ministro delle finanze, compito quest'ultimo che aveva interpretato con particolare solerzia porgendo con un sorriso la carta di credito per pagare, nell'ordine:

a) nr. 4 guide turistiche: una su Lisbona, una sul Portogallo in generale, una sulla cucina tipica portoghese e una di storia dell'arte sul barocco manuelino;

b) nr. 2 zaini, uno da gita sull'Annapurna perché io non sopporto le valigie e così mi sembra di essere in campeggio, e uno piccolino da tutti i giorni accompagnato da fondamentale peluche di ordinanza da appendere a una delle zip, in modo tale da ostacolare vieppiù l'apertura dello scomodo coso, operazione che sarebbe chiaramente toccata a lui perché non vorrai mica che mi levi lo zaino, ho tutta la schiena sudata e mi vergogno, grazie Massimo;

c) nr. X di confezioni di medicinali tra cui: antibiotico intestinale, antidiarroico, lassativo (deciditi almeno), stick contro gli insetti, cerotti per le vesciche ai piedi e sei diversi tipi di antidolorifici.

– Scusa, io voglio andare a vedere l'Atlantico – rispose Alice senza rallentare. – E per esperienza in riva agli oceani c'è parecchio freddo. Servirebbe anche a te, fra l'altro.

– Io ce l'ho.

– Quale, quell'affare verde infamia che sembra fatto in Germania Est? Io te lo dico, se ti metti il giacchetto di Stato quando andiamo in giro insieme cammini dall'altra parte del marciapiede. Io non ti conosco.

– Lo sapevo. Io ci sono affezionato. Posso almeno portarmelo dietro?

– Hai voglia te. Se te lo butto via in Portogallo almeno sono sicura che non lo trovi più. Dai, Massimo, non si può vedere. Con quel coso addosso sembri ancora più vecchio.

Tonfa.

– Allora, direi che ci siamo. Ti viene in mente altro?

Seduti belli comodi ai tavolini di un caffè in piazza Garibaldi, con davanti un cappuccino e un tè freddo per una volta preparati da qualcun altro, il tavolo difeso da una trincea di pacchi e pacchetti di ogni dimensione, Massimo e Alice si godevano il meritato riposo dell'acquirente compulsivo. Alice, mentre sorseggiava il cappuccino, spuntava con rapida soddisfazione le voci da un foglietto estratto da una tasca dell'agendina: la Listina delle Cose da Comprare Assolutamente, uno dei molti modi attraverso cui Alice formalizzava su carta le sue attese per il giorno in corso di svolgimento, e che se non si verificavano al 100% erano causa di insoddisfazione. Non c'era differenza, per Alice, tra fare tutte le cose tranne una o farne appena la metà di quelle programmate; un modo di ragionare estremamente non lineare che Massimo, pur cominciando appena a conoscere, aveva imparato a temere.

– Posso dire una cosa?

Hai voglia, disse Massimo annuendo senza parlare, anche perché aveva un cubettone di ghiaccio in bocca; da sempre, quando il tè freddo è finito, Massimo prende il bicchiere e aspira l'uno dopo l'altro i cubetti di ghiaccio, gustandoli come se fossero caramelle. L'ha sempre fatto e non vede motivo di smettere.

– Te il cappuccino lo fai parecchio meglio – disse Alice, posando la tazza sul tavolino. Vuota, per carità.

A Massimo non sembrò il caso di far notare che se uno si concentrasse sul cappuccino, invece di stare lì a tracciare righe su una lista mentre beve con la mano sbagliata, forse si gusterebbe la bevanda maggiormente.

– È 'l mio lafwro.

– Butta giù prima di parlare, mi sembri il Rimediotti. Sarebbe anche il suo di lavoro – Alice indicò verso la porta del caffè con la nuca – ma mi sa che lo prende meno sul serio di te.

– Le cose o si fanno bene o non si fanno. E anche te non è che col lavoro ci scherzi. Se devo essere sincero avevo paura che con questa storia della morta sulla spiaggia alla fine non si andava in vacanza.

No. Se dovessi essere completamente sincero per forza, ti dovrei dire che speravo che con questa storia della morta tu decidessi di rimandare la vacanza, così io potevo restare a sorvegliare il mio amato bar in un momento così delicato per la sua crescita.

– No no, ormai è fatta. Visto tutto il pregresso, se lo sono preso qui a Pisa. È più adatto alle nostre competenze, dicono. Oddio, forse hanno ragione...

– Visto tutto il pregresso?

– Ma sì. È tutta una storiaccia che non ti dico, me l'hanno raccontata stamattina. Praticamente questa tipa era ucraina. Si chiamava Olga, Olga vattelappesca. Un nome pieno di consonanti. Era arrivata in Italia due anni fa, faceva la badante. Fra l'altro l'ha identificata per primo proprio il tizio da cui andava in casa. Mariano Marino. Ma dico io, ti chiami Marino di cognome e vai a chiamare il figlio Mariano?

A me sembra ritmico, ma lasciamo perdere.

– Per primo? Perché, ne sono arrivati altri?

– Mamma mia. È arrivata una vagonata di matrioske col foulard in testa che sembrava di essere in un santuario polacco. Dai venti ai cinquanta, d'età, dai cinquanta ai centocinquanta, di peso. E tutte a insistere di vederla, e io lì a spiegargli che quello era un obitorio, non una camera ardente. Macché. Quando il dottore ha sollevato il telo son partite a farsi il segno della croce che sembravano elicotteri. Olga Olga, e badabim badabam, e giù maledizioni. E lì è venuta fuori la storia del marito.

– Il marito?

Alice guardò Massimo in tralice.

– Ti vedo incuriosito. Ma te non eri quello che dei morti ammazzati non voleva saperne niente?

Esatto. Ma prima che ti venga in mente qualcos'altro da comprare, preferisco sentir parlare della povera Olga.

– Praticamente, questa tizia era sposata con tale Evgenij Bondarenko, un simpaticone. Mentre per identificare Olga abbiamo dovuto aspettare, il nome e il viso di Evgenij Bondarenko sono ben noti alle forze dell'ordine. Rapina, furto con scasso, roba così. Mentre Evgenij soggiornava a spese dello Stato, Olga ha chiesto il divorzio, e pare che il caro Evg non l'abbia presa bene. Da qui altre denunce.

– Stalking.

– Esatto. Son quelle cose in cui la legge fa poco. Tu denunci, noi facciamo l'ordinanza restrittiva, e lo stronzo se ne frega. Ho conosciuto una tipa disperata perché aveva avuto l'ordinanza contro l'ex marito e a quel punto ha cominciato a essere perseguitata dalla suocera.

– La suocera?

– To'. Se la ritrovava dappertutto. Una volta ha cominciato a darle della puttana al supermercato, in fila alla cassa. Comunque, tant'è. La nostra Olga denuncia e cambia città, da Padova viene a stare a Pineta.

– Se faceva la badante ha scelto il posto giusto – commentò Massimo, annuendo lentamente. – Per restare nascosta, invece...

– Appunto, invece. Perché un mese fa, non si sa come, il caro Evg è arrivato a Pineta. Almeno, questo è quanto sostengono le care donnine. Il badato conferma punto per punto, e si ferma lì.

Alice prese un po' di schiuma col cucchiaino, la mise in bocca, scosse la testa e lo mollò.

– Le donnine invece vanno oltre. Mi indicano in modo preciso cosa dovremmo fare a Evgenij quando lo prenderemo. Ti risparmio i particolari, ma pare che il caro Evgenij quand'era libero picchiasse la moglie sia spesso che volentieri. Le care donne verranno anche dall'Ucraina, ma come codice penale sono rimaste ad Hammurabi.

– Tu chi speri che lo prenda? Loro o voi?

Alice indicò col cucchiaino verso l'esterno.

– Loro in ogni caso. Io non c'entro nulla. Perché a questo punto arriva il questore di Pisa e si prende il caso. È talmente facile che ci riuscirebbe anche il gatto, a patto che...

– A patto che?

– A patto che si riesca ad acchiappare il caro Evgenij. Senti, se lo sono presi loro, son cavoli loro.

– E a te girano le palle.

– Mah, magari mi sarebbe piaciuto che mi chiedessero qualcosa. Sai, avrei solo una laurea in fisica e sarei esperta di sistemi di tracciamento, cosa vuoi che gli serva una come me?

Massimo scosse la testa.

– Alice, non riesce a prendermi per il culo mio nonno che mi conosce da quarant'anni. Tu hai ancora parecchi cappuccini da sorbire prima di riuscirci. Cosa c'è che non ti torna?

Alice accavallò le gambe e incrociò le braccia. Quindi, guardando verso l'Arno, scosse la testa.

– Mah, non lo so. È tutto esagerato. Queste donne urlanti che arrivano tutte in massa...

– Donna bianca parlare con lingua biforcuta. C'è qualcos'altro.

Alice sbuffò, scavallando le gambe.

– Che palle, Massimo. Sì, c'è qualcos'altro.

– E non me lo vuoi dire?

– No. Non ti voglio influenzare. È un'incoerenza che ho notato. Inutile che tu ti metta a pensare, l'ho notata solo io.

– Magari lo noto anch'io.

– No, fidati, è impossibile. E da quello che ti ho raccontato non puoi capirlo. Comunque, a me queste ucraine non mi sono piaciute per nulla.

– Sì, almeno questo l'ho capito. E quindi?

– Ah, quindi adesso ci pensa il questore. Di sicuro, in questo momento la prima cosa da fare è acchiappare l'ex compagno Evgenij. Poi vediamo cos'ha da dire lui. Prima che lo trovino possiamo andare in vacanza, tornare e perdere anche i chili acquisiti.

Era passato mezzogiorno quando Massimo fece ritorno al bar. Non troppo presto perché i vecchietti fossero già a pranzo. In fondo, da che mondo è mondo a casa Viviani si mettono le zampe sotto la tavola a mezzogiorno e mezzo, e il tempo che ci metteva Ampelio per coprire la distanza bar-casa, anche avendo tre zampe, non era certo trascurabile.

Invece, al suo arrivo, la ghenga era sempre lì, con l'unica eccezione di Aldo che aveva lasciato il bar per andare al ristorante, e con la piacevole sorpresa di Tiziana dietro al bancone, al posto di Marchino.

– Salve, gente. Che ci fate qui?

– Guarda, ti si potrebbe chiedere la stessa cosa... – disse Tiziana, con un tono di voce non molto in armonia con la sua usuale e spontanea dolcezza.

– Io ero con Alice a fare qualche acquisto per le vacanze. Sai, a meno di cataclismi o decessi improvvisi, parto domani.

– Domani? – Tiziana prese l'ultimo bicchiere e lo schioccò nel cestello, quindi aprì la lavastoviglie con malagrazia e la caricò come se fosse tutta colpa sua. – Ero convinta che tu ci fossi già, in vacanza. Sono due giorni che non ti si vede.

– Ho capito. Adesso sono qui. Siccome sono qui, ora al bar ci resto io. Io che, come testimonia questo scontrino, sono il proprietario. Vedi? «Caffè BarLume, di Viviani&Griffa». Siccome tra i due il dipendente non sono io, Tiziana adesso andare in sala con Aldo e fare il suo lavoro.

– Sarà meglio... – disse la ragazza, asciugandosi le mani e circumnavigando il bancone senza il solito «zì buana».

Ci fu un attimo di silenzio solido.

Solo un attimo, per carità.

Nessun silenzio può durare troppo, se c'è un Ampelio nella stanza.

– Simpatico come uno schiaffo colla merda in mano, vero, bimbo?
– Non mi sembra di essere stato io ad iniziare, nella forma. Nella sostanza, a meno che non abbiate venduto il bar a qualcuno mentre ero via, il proprietario resto io. Io dico, il dipendente fa.

E questo era, forse, un po' troppo in presenza di Ampelio e di Pilade, che si erano iscritti al sindacato lo stesso giorno in cui avevano iniziato a percepire lo stipendio (sul fatto che Pilade abbia mai iniziato a lavorare si sono sempre nutriti forti dubbi) e che da allora si erano fatti paladini delle gloriose lotte per cui o tutti o nessuno, col bel risultato che nessuno veniva licenziato e dopo sei mesi la ditta falliva, e tutti a casa.

– È sempre la stessa storia – commentò Pilade, amaro. – Come diceva Celentano? Chi non lavora non fa l'amore, ma chi lavora prima o poi lo piglia in culo.
– Sarebbe la prima cosa sensata che dice Celentano in vita sua – annotò Massimo, portandosi dietro al bancone. – E comunque non le ho chiesto di fare una-singola-ora di straordinario. Se volete rompere i coglioni a chi sfrutta davvero i lavoratori andate in una banca, non in un'impresa.
– Ma-pWerrrché? 'Un-li pagano bhene, in bahn-Ka?
– Eccoci. Gino, ma 'un è che quell'arteria hanno finito di tappàttela? Massimo dice di velli che cianno i conti correnti.

39

– Cioè, la stragrande maggioranza – sottolineò Pilade. – Così come la stragrande maggioranza di noi lavora come dipendente. Lo sai che casino succederebbe se non ci fosse nessuno che difende i diritti dei lavoratori? Si finirebbe come la Cina.

– Ne sono convinto – approvò Massimo, mettendosi intorno alla vita il grembiulone nero da barrista. – Purtroppo non sento mai parlare di doveri dei lavoratori. Il che, forse, spiega il fatto che stiamo finendo come l'Italia. Comunque abbiate pazienza, sono stato tutta la mattina con Alice e effettivamente dopo le spese ci siamo un pochino persi in chiacchiere. Risultato, ora ho una valanga di cose da fare.

Alice? Chiacchiere?

Ognuno di noi ha le sue priorità, nella vita.

Prima di una certa età, la maggior parte dei maschi preferisce una partita di calcio praticamente a qualsiasi cosa, escluso il sesso; dopo una certa età, «escluso il sesso» diventa un dato di fatto, non più un'assegnazione di massima importanza. Andando ancora oltre, e avvicinandoci alla data di scadenza, anche la partita piano piano vede sfumare il suo fascino, e ognuno di noi la sostituisce con cosa meglio crede: nipotini, tombola, bocce, omicidi.

Non c'è discussione sui sindacati che tenga: quando c'è un bel morto fresco di giornata, vuoi mettere?

– Come sta Alice? Cià ancora tanto da lavora'? – cominciò Pilade prendendola larga, come d'altronde ci si aspetta da uno come lui.

– No, ormai no. Identificata quella poveretta, hanno

visto che è straniera e così il caso se lo sono preso a Pisa – tagliò corto Massimo, credendo di aver finito.
– Straniera? O di dove?
– Sur giornale c'era scritto che sembrava russa.
– Ucraina – rispose Massimo, senza riuscire a resistere, come sempre, alla tentazione di correggere qualcuno.
– Sentilì, ucraina – apprezzò Pilade. – Allora capace faceva davvero la maiala.
– Badante – riabboccò Massimo, riuscendo nella rara impresa di pronunciare una parola di sette lettere come se fosse un monosillabo.
– Badante? O di chìe?
– Di uno che si chiama Mariano Marino – sbracò Massimo definitivamente. – Il che dimostra, una volta ancora, che chi ammazza la gente da queste parti ha pessime capacità di scelta. Tra una che aveva poco più di vent'anni e uno che ha poco meno di venti lustri sceglie la prima.
– Eccoci. Vorrebbe vede' morti tutti i vecchi, lui –. Pilade, facendo cardine sui tacchi, allontanò la seggiola dal tavolino. – E comunque, se è chi dìo io Mariano è giovane, 'un ciavrà nemmeno sessant'anni. Chissà cosa n'è successo, per ave' bisogno della badante. Via, si va a mangia' qualcosa?
– Cosa ti tocca di bòno oggi, Pilade? – chiese Ampelio, simulando sincero interesse.
– L'arrosto colle patate – disse Pilade, alzandosi lentamente.
– Davvero? – richiese Ampelio, incredulo.

- To', davvero -. Pilade annuì con socratica consapevolezza, rimettendo a posto la sedia. - La Vilma mi legge la ricetta, così mi viene l'appetito. E poi mi stiocca ner piatto le verdure bollite. Vedrai, se continuo così, lo so io chi sarà ir prossimo morto di Pineta.
- Dai, che prima che tu mòia di fame ce ne vòle...
- 'Un parlavo mìa di me. Parlavo della mi' moglie. Se continua vedrai uno di questi giorni ir collo glielo tiro.

Tre

Il numero di possibili disposizioni di un insieme di oggetti in sequenza cresce come il fattoriale del numero degli stessi.

Il fattoriale, lo ricordiamo per chi all'asilo si distraeva durante le lezioni di calcolo combinatorio, è il prodotto di un numero per tutti i numeri interi che lo precedono: e tale numero cresce molto velocemente. Il fattoriale di 3 è un innocuo 6, il fattoriale di 4 è un già rispettabile 24 e il fattoriale di 5 è uno spaventoso 120.

Se gli oggetti di cui parliamo fossero lettere dell'alfabeto, questo significherebbe che ci sono 120 possibili anagrammi della parola «cozza»; solo pochissimi di questi, però, hanno un significato in italiano.

Se gli oggetti di cui parliamo fossero valigie da mettere nel bagagliaio di un'automobile, questo significherebbe che ci sono 120 possibili sequenze tra cui scegliere per riempire lo spazio, senza contare che le valigie possono essere orientate o ruotate nello spazio in tanti modi possibili; anche qui, solo pochissime di queste disposizioni permettono di chiudere il portellone dopo aver stipato il bagagliaio, mentre nella maggior parte dei casi, dopo aver riempito il vano, il tentativo di chiuderlo risulta vano a sua volta.

Grazie a tale sfoggio di teoria dei numeri, ogni lettore può quindi capire per quale motivo la mattina in cui partirono per il Portogallo, Massimo e Alice rischiarono seriamente di perdere l'aereo.

– Hai visto che ce l'abbiamo fatta?
– Sì. Solo perché Vishnu ci ha voluto bene. Quaranta minuti per rimettere le valigie in macchina. Io non capisco perché non potevi aspettare di essere al check-in per aprire le valigie.

Aprire le valigie – o meglio, aprire l'ultima valigia in fondo al bagagliaio, quella sotto tutte le altre, subito dopo che hai finito di riempirlo – era stata una precisa richiesta di Alice, dato che era lì che aveva messo il romanzo che stava leggendo e che intendeva assolutamente continuare in aereo.

– Perché capace che lì al check-in, in tutto il casino, poi me lo scordavo.
– Ah, allora non è così indispensabile come mi volevi far credere. Sembrava che se non riuscivi a leggerlo in aereo ti sarebbe venuta una crisi epilettica.

Peccato che l'operazione di ricomposizione dei bagagli dentro il vano posteriore della gloriosa Focus di Massimo, una volta estratto il prezioso volumetto, si fosse rivelata meno facile del previsto. E così, schioccato in mano ad Alice *La teologia del cinghiale*, di Gesuino Némus, Massimo si era messo in strada, affidandosi alla teologia dell'automobilista in ritardo; quel complesso e schizofrenico rapporto con un Ente nel quale nemmeno credi, ma che lungo la strada ringrazi e maledici in quantità suppergiù equivalente per file di semafori verdi, ingorghi, scampati tamponamenti, pensionati a trenta all'ora in mezzo alla strada, insperati parcheggi e sempre troppo prevedibili vigili.

– Sei simpatico come il governo Monti. È parecchio ganzo, invece. Solo che nel casino me lo sarei scordata. Io in vacanza senza leggere non ci riesco ad andare. Sennò non mi sembra nemmeno vacanza.

– Su questo hai ragione – approvò Massimo, togliendosi lo zainetto di dosso con un gesto non troppo anchilosato ed estraendone con soddisfazione un tomo con la copertina di cartone lucido. – Infatti l'uomo previdente e saggio si porta dietro il libro nel bagaglio a mano.

– L'uomo previdente e saggio innanzitutto non usa lo zainetto che è una roba da trentenni, scusa Massimo ma non ti si può vedere. E poi in questo caso, più che di uomo saggio, parlerei di uomo palloso. Ma ti sembra il caso di portarsi in vacanza un libro del genere?

Massimo soppesò in mano il ponderoso esemplare di *The Mathematical Theory of Information*, di Jan Kåhre, come a voler capire se era meglio aprirlo e iniziare a nutrire il proprio intelletto con le preziose elucubrazioni che il titolo prometteva, o tenerlo chiuso ben stretto e assestarlo nei denti di una fidanzata che approfittava di ogni occasione per dargli dell'anziano.

– Punto primo, non sono così vecchio. Nel caso tu volessi capire meglio il significato del termine ho degli ottimi esempi sottomano tutti i giorni, se quando torniamo sono ancora vivi te ne mostro qualcuno. Il che mi porta al punto secondo: vado in vacanza, quindi voglio qualcosa di diverso. Visto che sul lavoro sono immerso in una marmellata di luoghi comuni e vilipendio dell'intelligenza, perlomeno quando sono in vacanza vorrei provare a vedere se riesco ancora a tenere il cervello acceso.

– Ci sarebbero anche monumenti da guardare, per quello. Monasteri da visitare, che so. Comunque il punto è proprio questo, Massimo. Te 'ste persone le tratti male. Non è piacevole sentirsi dare del vecchio in continuazione, o sbaglio?

Commissaria uno, Massimo zero.

– Comunque non è vero che tratto tutti male – disse Massimo, qualche ora dopo, mentre l'aereo sorvolava la Spagna. – Aldo, per esempio, lo tratto come il mio socio.

– Cioè male –. Alice non aveva nemmeno sollevato lo sguardo dal libro. – Un po' meno male del resto del mondo, ma comunque male. E non è perché è il tuo socio, è perché lo reputi intelligente.

– Vero. Aldo è una persona intelligente, ma anche lui ha delle fisse che te le raccomando. A parte che quando ci sei te fa l'elegante, il signorile e il distaccato, ma è una comare peggio degli altri tre messi insieme. Almeno quegli altri sono palesi. E poi, ti dicevo, un pochino l'arteria gli si è rassodata anche a lui. Vede misteri ovunque. Se si mette in testa una cosa te la ridice cento volte, finché non gli dai ragione per sfinimento. Ieri mi ha fatto una testa con la lavapiatti che non ne hai idea.

– La lavapiatti?

– Sì, Natasha. La nostra lavapiatti –. Quella brutta come un'iguana, stava per dire Massimo, ma si trattenne. – È ucraina anche lei.

– Ucraina? Pensavo fosse vulcaniana –. Alice rufolò nel sacchettino sperando in una nocciolina superstite. – Che è successo? È convinto che sia un agente segreto? KGB? Mossad? WWF?

– No, fin lì no. Praticamente mi ha raccontato che l'anno scorso, quando è morta una signora ucraina in un incidente stradale, Natasha aveva chiesto un giorno di permesso per partecipare al funerale. Ora te la racconto compatta, mentre lui mi ci ha fatto due zebedei come due pianeti, ma pare che per la comunità ortodossa i funerali siano una cosa seria.

– Mi fa piacere per loro. Noi atei, invece, trombette, stelle filanti e gavettoni alla vedova, lo sanno tutti.

– No, intendo che è un rituale molto elaborato. Ha parlato di trisagio, di lavatura del corpo e di altri dettagli tecnici morbosi, ma soprattutto ha detto che è un rituale inclusivo. È un qualcosa che coinvolge tutta la comunità. C'è un banchetto da preparare, ed è un banchetto sfarzoso, tipo matrimonio, con persone che girano per le strade lasciando sacchetti di cibo perché ognuno possa mangiare. A volte c'è gente che si indebita per pagare il banchetto del caro estinto. Non partecipare al banchetto, o non aiutare a prepararlo, secondo Aldo avrebbe un significato piuttosto deciso. Significherebbe che non hai motivo di celebrare la morte di quella persona, perché non ne approvavi la vita.

– Ah.

Breve monosillabo che la diceva lunga sull'interesse di Alice nella vicenda. A differenza di Massimo, che l'aveva già classificato come segata.

– Come, ah? Ora, secondo te...

Alice chiuse il libro, con l'indice tra due pagine a tenere il segno.

– No, secondo me no. Però magari lo segnalo ai colleghi a Pisa. A loro vedrai che interessa. E comunque qualcosa che non andava nella povera Olga c'era, te lo avevo detto.

Troppo bella come occasione, per un pignolo, da poter essere ignorata.

– No, me l'hai solo accennato. Mi hai detto, cito verbalmente: «a me tutte queste ucraine mi garbano poco».

– Appunto. A me piacciono le persone, non la gente. A sentire questo manipolo di donne, donnette e donnone sembrava che Olga fosse un incrocio tra Maria Montessori e il Budda, mentre il marito, che ora manco mi ricordo come si chiama...

– Il caro Evgenij?

– Il caro Evgenij, grazie, secondo loro era uno che si sarebbe trovato male anche nell'Isis perché sono troppo pacifisti. Scusa, sai, ma esseri umani così non esistono.

– E quindi, secondo te, le ucraine ti hanno mentito –. Massimo oscillò un pochino la testa. – C'è un'altra possibilità. Sampling bias.

– Sì, lo so – disse Alice, guardando dal finestrino. – Sampling bias. Hai ragione.

Sì, Massimo ha ragione. E il lettore potrebbe essere portato a dargli ragione fidandosi, senza avere sufficienti informazioni riguardo a quello di cui si parla: lo facciamo così tante volte nella vita reale, dalla politica all'economia, dalla giustizia al calcio, che una più o una meno quasi non si noterebbe.

Però, sarebbe tanto bello sapere di che cosa si parla e poter dare ragione a qualcuno, una volta tanto, a ragion veduta. E, siccome questo è un romanzo e non la vita reale, eccoci qua.

Il sampling bias, o errore del campionamento, è un errore che si fa comunemente, quando crediamo che le persone che conosciamo siano un campione rappresentativo del mondo reale.

Il caso storicamente più spettacolare fu quello di una nota industria di cibi in scatola, che fece un sondaggio tra i cittadini di Londra per scoprire se un prodotto che stava per lanciare avrebbe avuto o meno successo. Fu selezionato un quartiere, Golders Green, che era noto per l'estrema eterogeneità dei suoi abitanti: lavori che andavano dall'amministratore al metalmeccanico, passando per la maestra d'asilo, redditi da pezzo grosso e da pezze al culo, luminari con laurea e dottorato che vivevano accanto a gente che non aveva manco finito l'asilo nido.

Il prodotto in scatola di cui si parlava erano fagioli stufati con aggiunta di costolette di maiale; e gli abitanti del quartiere, dal rozzo al raffinato, dal gourmet all'allupato, risposero al novanta per cento che no, loro quella roba non l'avrebbero mai comprata.

La ditta cancellò quindi il prodotto dai suoi piani futuri, e fece un errore.

Perché gli abitanti di Golders Green, così diversi tra loro come lavoro, come reddito, come grado di istruzione e come simpatia, avevano una sola cosa in comune.

Erano, al novanta per cento, ebrei.

Così come non bisogna fidarsi dei discendenti di Sem per giudicare l'appetibilità di una salsiccia di maiale, allo stesso modo non bisogna fidarsi troppo del giudizio su una persona dato da un gruppo che ne condivide la condizione di immigrato, il lavoro (nero) e tutti gli altri problemi, incluso probabilmente l'avere un marito manesco ma disoccupato. In secondo luogo, c'è la selezione del campione, che non è casuale; perché, diciamoci la verità, andare all'obitorio a riconoscere un cadavere non è una di quelle cose che si fanno come passatempo. Se il morto in questione è tuo amico, ci vai; se ti era indifferente, o ti stava sulle palle, magari questo impulso non lo provi.

Comunanze apparentemente poco importanti, come trovarsi contemporaneamente nello stesso posto, a volte sottendono comunanze molto più significative.

Come il fatto di trovarsi entrambi sullo stesso aereo,

in due posti adiacenti, e di essere sul punto di atterrare a Lisbona.

A volte è un caso, a volte no.

Siccome per Massimo e Alice non è un caso, proporrei di lasciarli in pace per qualche giorno, a visitare Belém, Batalha, la Quinta da Regaleira ed altri posti con nomi femminili che si trovano in Portogallo, anche se non tutti permanentemente.

Primo, perché se lo meritano.

Secondo, perché non durerà.

$\log_2(16)$

Il caffè.

Se c'è una cosa che mi manca quando sono in vacanza fuori dall'Italia, è il caffè. E invece questi sanno fare pure il caffè.

Massimo posò la tazzina sul piatto con precisa delicatezza, appoggiandola senza farla stridere, come se non volesse rovinare l'armonia dei sensi che il contenuto aveva creato, e allungò la mano verso la «Gazzetta».

Una colazione perfetta, fianco a fianco con una fidanzata rassicurante ma non invadente, con di fronte una giornata di vagabondaggio per abbazie, alle spalle varie giornate di serenità, monasteri e altre attività più laiche ma non meno rasserenanti, e nello stomaco il meglio della pasticceria portoghese, accompagnato da un caffè talmente caffè da non poter essere descritto meglio.

Mentre Alice compilava con cura benedettina la sua listina odierna, comprendente un accurato slalom fra i negozi della Baixa e l'obbligatorio giro della città vecchia in tram più antichi degli edifici, Massimo stese bene bene il proprio, di foglio di carta. La «Gazzetta».

La «Gazzetta» del giorno prima, è vero, perché non è facile trovare all'estero i quotidiani italiani con la data presente, ma l'online non gli dava la stessa sensazione.

Non c'è praticamente nulla che possa rovinare un momento del genere, se uno non ha un cellulare.

E Massimo il cellulare l'aveva lasciato a casa.

Purtroppo, ce lo aveva Alice.

– Pronto – rispose la ragazza, con tono gaio.
Attimo di silenzio.
– Sì, sì, è qui. Te lo passo?

La seconda frase non conteneva più, nella voce di Alice, quel tono felice di poter condividere con qualcuno il proprio stato attuale di Spensieratezza Vacanziera. Massimo tese la mano verso il cellulare, ma Alice lo rintuzzò con un gesto della mano.

– Ah. Ho capito.

Io no, disse la faccia di Massimo. Alice, però, era completamente concentrata sulla conversazione, ascoltando senza dire una parola. Per un minuto buono stette così, in silenzio, senza nemmeno annuire, mentre Massimo tentava di stirare le orecchie come quelle di un dobermann senza riuscire a capire niente di più se non che al telefono, dall'altra parte, c'era Tiziana.

– Come si chiama, questo avvocato?

Avvocato?

La mano di Alice, afferrato uno stecchino da denti, tracciò sulla tovaglia la parola «AVV. ROSSI», che rimase lì, visibile ma precaria, mentre Alice continuava a parlare.

– Ma non ho capito, scusa, cosa intendi per diffidati.

Diffidati?

Tiziana, singolare femminile. Diffidati, plurale maschile.

Comincio a sospettare di sapere di chi stiamo parlando.

– Sì, voglio sapere questo – continuò Alice, in tono professionale. – Gli ha consegnato una diffida, una roba scritta, o gli ha detto a voce «voi azzardatevi a rompere le palle un'altra volta alla mia cliente e io procedo»?

E a questo punto il sospetto diventava certezza.

Era successo, spiegò Alice a Massimo mentre i due salivano in camera, che i quattro giovincelli erano andati a fare visita alla signora Deianira Dello Sbarba vedova Marino, mamma del signor Mariano Marino e di fatto assistita di Olga, in quanto Marino l'aveva assunta per badare alla signora la quale era, oltre che diabetica e quasi sorda, anche novantaduenne; insomma, una situazione che non sembrava destinata a migliorare. A questo punto, Alice aveva chiesto di poter sapere i fatti dai diretti interessati, e le avevano passato Aldo.

A quanto pare, la visita era stata graditissima dalla signora.

Un po' perché son sempre qui chiusa in casa e a far due chiacchiere non ci viene mai nessuno e son sempre sola con queste russe del cazzo che non spiccicano una parola d'italiano e sanno dire solo signora cativa e signora non andare ho dato cencio ora ora.

In secondo luogo, perché Ampelio&Company si erano presentati dalla signora con un proibitissimo cheesecake al frutto della passione fruibile dalla signora Dello Sbarba ved. Marino anche senza dentiera, che queste càaghiaccioli me la nascondan sempre per via che sennò mangio i biscotti e poi mi chiedano signora piace brodino e io ni rispondo questo 'un è un brodo è un clistere per bocca ma cosa volete sape' voi di fa' da mangia' che ciavete du' ricette, cavoli colle patate o sennò patate coi cavoli, me ne taglia un'artra fettina perpiacere, grazie, lei è tanto bòno.

La signora aveva descritto la ragazza in termini né troppo entusiastici né troppo denigratori («era un tegame come tutte quell'artre») ed aveva ricostruito gli ultimi movimenti di Olga con qualche incoerenza rispetto a quelli che si sapevano essere i fatti; la signora, infatti, sosteneva che la propria badante fosse viva e vegeta verso le nove della sera di domenica, ora alla quale era andata via di casa come al solito («signora torno domani ore otto», «e devi torna' ma in Russia, tegame» lo scambio di convenevoli riferito dalla signora Dello Sbarba ved. Marino) e ora alla quale secondo l'autopsia Olga era invece già deceduta senza troppi dubbi. Tale incoerenza, secondo Aldo, era attribuibile al fatto che la signora non si fosse rivelata precisissima nel disporre i fatti nel corretto ordine temporale: la signora si era dimostrata convintissima, tra le altre cose, che nella settimana il lunedì venisse subito dopo il sabato e che l'attuale capo del governo fosse Benito Mussolini.

Laddove la signora si era invece dimostrata affidabilissima, riferiva Aldo per bocca di Alice mentre quest'ultima apriva le valigie, era stato nello smantellare con determinazione il cheesecake e nel mangiarselo fino all'ultima briciola.

Ne era seguita, pochi minuti dopo, l'inevitabile crisi iperglicemica con conseguente perdita di coscienza e immediato ricovero grazie al tempestivo intervento dell'ambulanza chiamata da Aldo stesso.

E, il giorno dopo, si era presentato al BarLume l'avvocato del figlio il quale aveva, con cortese fermezza, diffidato i vegliardi dal presentarsi un'altra volta a casa della signora Dello Sbarba, con o senza dolci, ma soprattutto con.

– Sapevo un tubo io che era diabetica, ha detto. Non è difficile credergli. Comunque ora la signora è fuori pericolo. E anche loro non credo che rischino nulla.
– Sicura? Se invece testimonio che è stato tentato omicidio non è che li mettono dentro, eh?
– Metti dentro questi, invece di dire cretinate – disse la ragazza, prendendo dalle mani di Massimo un pacchetto di mutande già piegate e ricominciando a piegarle una per una. – Guarda che loro volevano solo dare una mano. Intendiamo, non li giustifico, ma li capisco. Sono anni che giocano a fare gli Irregolari di Piazza Garibaldi. Ormai ci si sono abituati, e non c'è niente di più difficile da estirpare di un'abitudine. Specialmente se non ti rendi conto di averla.
– Lo so – rispose Massimo. – Secondo te per quale motivo ogni anno al BarLume tento di cambiare qualcosa? L'anno scorso mille euro di estrattore a freddo

per fare i succhi di verdura freschi. È chiaro che costa, ma va fatto. Sennò ti abitui e ti abbrutisci. Adesso devo solo individuare l'abitudine di quest'anno e liberarmene, così fino a settembre sono a posto con la mia coscienza.

– Ah. Ottimo proposito. Posso suggerire?

Cerrrrrto che puoi. Io poi sono libero di fare come pare a me, ma mai perdere l'occasione di ascoltare la tua fidanzata. Una regola che Massimo aveva pervicacemente ignorato nel corso di lunghi anni di solitudine, quando gli mancava qualcuno con cui andare a letto, e di cui stava imparando l'importanza solo negli ultimi tempi, adesso che c'era una persona accanto a cui svegliarsi.

– Potresti incominciare a trattare meglio Tiziana.

Come?

– Meglio di così? Ha la quattordicesima, venti giorni di ferie, orario flessibile. L'unica cosa che potrei fare per trattarla meglio sarebbe licenziare Marchino. Una ragazza così si merita di più.

– Tipico degli uomini – rimbeccò Alice, incominciando l'opera di piegatura dei tre-quattro ettari di vestiti acquistati nel corso della vacanza. – Si merita di più, a patto che sia quello che va bene a me.

– E comunque se c'è qualcuno che dovrebbe trattare meglio gli altri casomai è lei – fece notare Massimo, mettendo accanto alla porta il proprio bagaglio chiuso alla perfezione. – Sono settimane che non perde occasione per graffiare. E negli ultimi giorni siamo andati peggiorando.

– Eh sì. Chissà perché, povera creatura –. Alice scosse la testa, forse per compassione nei confronti della dipendente di Massimo, forse per l'improvvisa consapevolezza che per far entrare in un singolo bagaglio tutta la roba che aveva comprato quel bagaglio doveva avere come minimo la targa. – Magari è isterica come tutte le donne, ma non sempre, eh, solo ventotto giorni al mese. O forse perché continui a permettere che tutti le diano ordini come se fosse una minorata.

– Minorata Tiziana, no. Tutto, ma questo aggettivo non mi è mai venuto in mente. Casomai...

– Massimo, senza Tiziana quel posto lì affonderebbe.

Vero.

Senza Tiziana, sarebbe un casino.

Al ristorante, perché lei fa il lavoro suo e anche quello di Aldo che è buono e caro ma ormai più che mettere Vivaldi allo stereo e guardare il culo alle clienti mentre le accomoda a sedere non fa.

Al bar, perché sarà amore e tutto quello che ti pare ma se non ci fosse lei a stare dietro a Marchino quello aprirebbe trenta bottiglie diverse a sera per far vedere come viene diverso il Bellini con il Cartizze invece che col Prosecco, tanto poi le paghi te.

Il fatto è che quando Massimo aveva assunto Tiziana, ormai dieci anni prima, lo aveva fatto sia perché era una ragazza sveglia e precisa, sia per via di quelle due bocce da urlo che è inutile descrivere oltre, diciamo solo che, quando Massimo leggeva che per Platone le forme perfette esistono solo nell'astrazione del pensiero, pensava che anche i grandi filosofi greci a volte dicevano delle grosse cazzate.

Poi, però, Tiziana era cresciuta. Da ventenne piena di possibilità e di entusiasmo, si era trasformata in una trentenne pienamente in grado di reggere e gestire il complesso BarLume/Bocacito, e in cui Aldo e Massimo riponevano piena fiducia, ovviamente fin quando si trattava di attenersi alle disposizioni.

– Tiziana mette toppe dappertutto – ribadì la commissaria. – Ormai di lavoro non fa la maître di sala, rimedia ai casini altrui.

– A proposito di casini da rimediare, vuoi mica che mi sieda sulla valigia?

– Se tu potessi sì, grazie. Insomma, Massimo, vi ho sentito parlare parecchie volte. Le cose più sensate sulla gestione del ristorante le dice Tiziana, però poi si fa come dice Aldo. Che sta perdendo più di un colpo, lasciatelo dire. In più, quando te non ci sei, le tocca andare al bar e tenere a freno il Principe del Mojito.

– Sul bar ti do ragione. Sul ristorante, sai, Aldo è socio. E Tiziana è una dipendente.

– Capisco. Mi potresti mostrare la lastra di marmo su cui Mosè ha inciso questa undicesima legge, oppure hai paura che si rovini?

Massimo scosse la testa.

– Non so mica se a Tiziana piacerebbe, o se preferisce rimanere dipendente. Sai, un lavoro sicuro e tutte queste cose qui.

– Gliel'hai mai chiesto? Scusa, riformulo: hai mai pensato di chiederglielo?

No. Non mi è mai nemmeno passato in motorino di fronte all'anticamera del cervello. Chi tace, a volte, nega.

– Ecco. Potresti anche fare la prova.

– Sì. Scusa se mi permetto, ma a ognuno il suo lavoro. Tu faresti il vicequestore di polizia, e io avrei un bar. Mi sembra che ultimamente su questo aspetto ci sia un po' di confusione.

– Non sono stata certo io a cominciare. Dai, chiudi qui, che sennò a Sintra ci arriviamo domani.

– Pronto. Sì, sono io.

Per arrivare a Sintra, se partite in automobile da Lisbona, dovete per prima cosa prendere l'A5 in direzione ovest verso Loures, dopo di che, passata una quindicina di chilometri, conviene imboccare l'IC19 in direzione Sintra-Cacém; da lì, è necessario un quarto d'ora circa per arrivare e un altro paio d'ore per trovare parcheggio, dopo di che siete a posto.

Altra cosa necessaria, se davvero volete arrivare a Sintra, è fare attenzione agli automobilisti portoghesi, i quali sono fermamente convinti che in autostrada si possa sorpassare indifferentemente sia a destra che a sinistra, che la distanza di sicurezza che voi intendete come espressa in metri sia in realtà da intendersi in centimetri e che il clacson abbia la proprietà di far smaterializzare il veicolo con cui stiamo per collidere. Nel corso della sua esistenza, Massimo si era chiesto oziosamente un paio di volte per quale motivo c'erano stati così pochi piloti di Formula 1 portoghesi, appena due in tutta la storia: nel corso della vacanza, il motivo era emerso in tutta la sua pericolosa obiettività.

Massimo, quindi, era concentrato sulla strada e sulle decine di ignoranti del codice della medesima quando il telefono di Alice aveva squillato, e non fece caso alla prima parte della telefonata.

– Sì, ho capito. Quindi nessuna rapina, solo vandalismo. E perché è urgente?

Massimo rimaneva sempre affascinato dal cambiamento del tono di voce di Alice quando diventava commissaria. Frasi brevi, incisive. Nessuna concessione a quell'ironia che era una delle cose che li rendevano più simili. E che Massimo era convinto di poter usare in qualsiasi frangente: una delle cose che li rendevano più diversi.

– Ah. Bene. Sì, va bene. Certo, se lo dice lui.

Un'altra cosa che li rendeva diversi era il modo di rispondere a quelle che Massimo chiamava Regole Non Scritte.

Ognuno di noi si costruisce, nella vita, delle regole non scritte: imperativi categorici che ci impediscono di prendere in considerazione dei comportamenti che, oltre a essere perfettamente legali, non farebbero del male a nessuno.

Se aveste chiesto a Massimo, vi avrebbe detto che la prima Regola Non Scritta di Alice era: se non lo faccio io, è da rifare. E se non ci sono io, vedi al punto precedente. E avrebbe avuto ragione da vendere: Massimo, come quasi tutti gli essere umani, conosceva benissimo le regole non scritte degli altri, ma non le proprie.

– Quindi fa parte della nostra giurisdizione per forza – stava dicendo Alice. – Sì, ho capito. No, che ti scusi a fare, Pardini. Hai fatto il tuo dovere. Tranquillo.

Dopo di che, Alice si voltò verso Massimo con la faccia di chi ti chiede permesso per esigere qualcosa.

– Senti, Massimo, è successo un casino.

Una terza cosa necessaria, per arrivare a Sintra, è che nessuno telefoni dall'Italia per dire che qualcuno ha commesso un crimine a Pineta o dintorni.

Il che significa che le ferie della tua fidanzata sono finite.

Tra il quattro e il cinque

– «Terrorismo o atto vandalico? Il vicequestore Martelli: nessuna conferma alla pista del terrorismo. Servizio di Kevin Bellatalla». Ora dimmi te come si fa. Ti chiami Bellatalla di cognome e battezzi il figliolo Kevin. «Pineta. Il risveglio è stato amaro per i proprietari delle ville che si affacciano su Cala del Saracino, uno dei golfi più suggestivi del nostro litorale, e su cui si affaccia la splendida Passeggiata del Saracino, il viale a strapiombo sul mare vicino al quale sorgono le splendide ville liberty progettate nel secondo dopoguerra da Romeo Andreazzani». Liberty nel secondo dopoguerra, dimmi te. Bei tempi, quando per fare il giornalista dovevi aver studiato.

Aldo, con le braccia ben stese per tenere il giornale alla massima distanza possibile, leggeva con tono distaccato la Notizia del Giorno. Intorno, in silenzio, gli altri tre militanti del Movimento Quattro Vecchi seguivano concentrati. Non sarà un morto, ma è pur sempre qualcosa di cui parlare.

– «Ville che nella notte tra giovedì e venerdì sono state prese di mira da ignoti vandali armati di bombolette di vernice spray rossa, con le quali hanno deturpato le facciate delle dimore nei dintorni della Passeggiata». Deturpato, che parolone grosse. Sono ville liberty degli anni Cinquanta, magari hanno aggiunto un tocco di arte di strada, che ne sai?

– Sì, ma cosa hanno fatto di preciso?

– Ora ci arrivo. «Il primo ad accorgersi dello scempio è stato Renzo Menotti, proprietario della Menotti&Figli, la nota ditta di ristrutturazioni edili. La sorpresa è stata quindi solo parzialmente mitigata dal fatto che anche altre ville sul promontorio sono state deturpate dalla vile mano anonima, in modo assolutamente identico: la scritta "Dio è grande", vergata in arabo e in italiano sulla facciata della villa».

– Boia, ma davvero?

– To', guarda qui.

E Aldo, non senza difficoltà, voltò il giornale di centottanta gradi, mostrando la foto in bianco e nero della facciata di una delle vetuste dimore di inizio secolo. Il nome sul campanello non si leggeva; ben più visibile, invece, la scritta «Dio è grande» che campeggiava sulla facciata, con la voce del verbo essere in vernice rossa bella centrata sul portone d'ingresso, e sottolineata da una scritta in arabo.

– Te-rRrRwfhristi – commentò il Rimediotti, prevedibilmente.

– Ma no, Gino, è una questione artistica – rispose Aldo, serafico. – A Roma hanno coperto le statue dei Musei Vaticani perché erano nude, e qui coprono le ville perché offendano il loro senzo della vita.

– E in che modo, scusa, una villa offende 'r senzo della vita di quarcuno?

– È una villa liberty – rispose Aldo, asciutto. – Per un fanatico religioso non c'è concetto peggiore.

– Allora-sHn trRrorhsti per-Davvero?

– Certo, come no – intervenne Massimo, da dietro al bancone. – «Orde di integralisti musulmani calano sul litorale toscano. Dodici birrerie rase al suolo. Frange estremiste dell'Isis danno alle fiamme i ristoranti dove si serve il cinghiale con le olive». Via, Gino, su. Ormai te l'hanno levata la placca dalla carotide, puoi usare il cervello senza correre troppi rischi. Oltretutto è quasi nuovo.

– Comunque, Gino, se vuoi notizie fresche sta arrivando la persona giusta.

Vero. Al di là della porta a vetri, avvolta in un caffettano arancione sgargiante del tipo io-sarei-ancora-in-vacanza, più simile a una randa che a un vestito, il signor vicequestore Alice Martelli stava chiaramente per entrare nel bar. Cosa che, dopo qualche attimo, fece.

– Oh, signorina Alice – la salutò Aldo, galante. – Ha sempre le palle girate?

– Ancora parecchio, grazie – rispose Alice, sorridendo solo con la bocca. – Sa, ieri ero sulla strada per Sintra...

– *Il mistero della strada di Sintra* – interruppe Aldo. – Gran bel libro. L'ha mai letto?

– Temo proprio di no. E comunque stavo dicendo che ieri ero a Sintra, e oggi sono a Pineta. Faccia lei –. Alice si inerpicò sul suo sgabello preferito, in fondo al bancone, e Massimo iniziò a prepararle il cappuccino di prammatica. – Comunque mi stupisce, Aldo. Prima mi accoglie con una volgarità, e poi mi interrompe mentre parlo. Non è da lei.

– Se sono stato maleducato nell'interromperla me ne scuso – rispose Aldo, signorile. – Ma sulla volgarità, signorina, devo dissentire. Quello che ho detto non era affatto scurrile, almeno nel suo significato originario.

– Ah, no?

– Assolutamente. Vede, questo modo di dire risale al '15-18, quando gli italiani e gli austriaci si fronteggiavano sul Piave. Gli austriaci, che fanno le cose per bene, al fronte usavano pallottole esplosive, incise a croce sulla cima, in modo che quando impattavano...

– ... la punta della camicia si apriva e il piombo schizzava fuori, certo. So che per lei sono una dolce fanciulla, Aldo, ma col lavoro che faccio qualche colpo l'ho sparato anch'io.

– Me ne rallegro. Invece, gli italiani più bastardi sa cosa facevano? Prendevano la pallottola, la estraevano dal bossolo e la inserivano a testa all'ingiù, girata –. Aldo mimò, con la mano destra piegata dall'artrite, il gesto di sfilare e rinfoderare, tante volte Alice fosse diventata sorda nei venti secondi precedenti. – Così la pallottola, che non aveva il fondo incamiciato ed era diventata più instabile, nell'impatto si apriva e roteava, causando ferite laceranti che spesso erano letali anche se non colpivano organi vitali. Così si iniziò ad indicare i soldati cattivi e sanguinari, quelli da cui era meglio stare alla larga, in questo modo. Erano quelli che avevano sempre le palle girate.

– Non ci credo – disse Alice. – Massimo, è vero o mi sta prendendo in giro?

– Tutto autentico – rispose Massimo, appoggiando davanti alla ragazza l'insensato mix di caffè e schiuma. – Sai, Aldo il quindici diciotto lo conosce bene, l'ha vissuto di persona.

– Simpatico, vero, il mio ragazzo? – disse Alice, che adesso sorrideva anche con gli occhi.

– Se l'è scelto lei, signorina – rispose Ampelio, a cui bastava che la ragazza entrasse nel bar perché gli occhi iniziassero a brillare. – Se ci dava tempo a noi, ni si regalava un cane. Dica la verità, quanto s'è lamentato in vacanza? Parecchio, o troppo?

– Ma no, è stato eroico – si schermì Alice. – Specialmente quando gli ho detto che mi toccava rientrare. Un'altra persona mi accompagnava all'aeroporto e mi lasciava lì. Per questa minchiata poi...

– Allora, non è terrorismo?

– Ma quale terrorismo e terrorismo – rispose Alice. – Questi son dei ragazzetti che si sono divertiti a fare uno spregio. Lo sa cosa dice la scritta in arabo?

– Mah, sul «Tirreno» c'è scritto «Dio è grande»...

– Proprio, guardi. No, in italiano c'è scritto che Dio è grande. In arabo, pare che ci sia scritto «cuscus di agnello e verdure». Capito perché parlo di ragazzetti? – Pausa, sorsino più deciso. – Boia Massimo, quanto mi è mancato 'sto cappuccino in vacanza. Comunque, ora come ora sono tutti allertati sul terrorismo, per cui come vedono una scritta in arabo sono tutti sul chi vive. E io per quattro ragazzini deficienti mi sono giocata mezze vacanze.

67

- Perché dice quattro ragazzini?
- Perché le scritte sono state fatte a quattro altezze differenti - rispose la commissaria. - Uno di solito scrive ad altezza occhi. E qui abbiamo scritte a un metro e ottantasei e scritte a un metro e sessanta. Un gruppo di persone alte tra il metro e novanta e il metro e sessanta che scrive messaggi deliranti copiati dal menù del ristorante siriano del Calambrone. Non so voi, a me viene in mente un gruppo di liceali.

Cinque e un pezzettino

Anche il BarLume, dicevamo prima, ha un televisore.
Detto apparecchio, che rimane sempre acceso, viene tuttavia sintonizzato secondo rigide tabelle orarie imposte da Massimo, con alcune varianti esterne dei dipendenti, le quali sono comunque ampiamente motivate.

Per esempio, il venerdì mattina si guarda la registrazione di Masterchef della serata precedente perché così a) Tavolone impara cose sempre nuove, e b) se vuoi ci litighi te con Tavolone, io non ho nessuna voglia di ritrovarmi annodato a una ringhiera.

All'ora dell'aperitivo, invece, Tiziana mette su un canale televisivo con le radio live, che mandano a rotazione video musicali nei quali improbabili tangheri sudamericani chiedono ritmicamente scusa alla loro donna per averla riempita di corna e implorano il suo perdono, così poi domani possono ricominciare più tranquilli.

Il sabato e la domenica sera, invece, Massimo impone per statuto l'anticipo e il posticipo, sia che si disputi una sfida scudetto sia che vada in onda Carpi-Frosinone, trincerandosi dietro un autoritario «è per i clienti». Peccato che un sabato sera che al bar c'erano solo due ragazze che avevano chiesto se era possibile vedere Sanremo invece che Juve-Napoli, Massimo avesse laconicamente risposto «si può sì. Andate a casa vostra e mettete su RaiUno».

Il momento di maggior sottigliezza culturale, però, si realizza verso le quattro di pomeriggio, quando se Massimo non sta attento i vecchietti si impossessano del telecomando con le loro mani adunche e sintonizzano l'apparecchio su un qualsiasi programma che parli di uxoricidi, sparizioni, violenze domestiche e rapimenti a scopo satanico.

Insomma, disgrazie. Va bene tutto, basta che capiti a qualcun altro.

«Parliamo ora di un altro caso doloroso, quello di Sharon Pigliacelli. Sharon, ventidue anni, australiana, una borsa di studio alla Fashion Design School di Brera, si è trasferita in Italia da settembre...».

Sullo schermo passarono le immagini di una ragazza dal sorriso aperto, mentre la conduttrice continuava a blaterare.

«... Sharon ha telefonato ai familiari l'ultima volta la sera di sabato ventiquattro, e da quel momento se ne sono perse le tracce...».

Sullo schermo passò un selfie della ragazza, fatto forse in una pizzeria di quelle con le foto dei calciatori con tanto di autografo o, nei non rari casi in cui il soggetto non sa scrivere, abbracciati al padrone della pizzeria stessa. Si distingueva, sullo sfondo, un Christian Vieri in maglia nerazzurra e sciarpa «Club Anti Juve» sciorinata davanti, e una foto di rara bruttezza che ritraeva Diego Pablo Simeone abbracciato a Ronaldo, con in mezzo chissà chi perché la ragazza ci si era posizionata davanti. Sotto, il commento della ragazza scritto di suo pugno: «Between Inter FC legends Simeone and Ronaldo come ooon!».

«... *l'ultimo messaggio della ragazza, appunto, un selfie che testimonia della sua passione per l'Inter, ereditata dal padre Arturo, emigrato in Australia ormai...*».

Sullo schermo non passò più nulla perché Massimo, acchiappato il telecomando, spense l'attrezzo con un grugnito di soddisfazione.

– O quella?

– Avviso alla clientela: il socio di maggioranza del locale si è ufficialmente rotto i coglioni di sentire parlare di morti tutto il giorno –. Massimo prese il telecomando e lo mise nel cassetto sotto al registratore di cassa, per poi chiuderlo a chiave subito dopo. – Va bene che dovete abituarvi all'idea, ma magari se ogni tanto provaste a godervi le due o tre settimanette che vi restano non sarebbe male.

– Certo che sei una carogna – fece notare Aldo. – Col Rimediotti che se tiene il giornale non può parlare, te ci neghi il diritto all'informazione.

– Ribadisco: sapete una sega voi cos'è l'informazione. Questa non è informazione. L'informazione è qualsiasi cosa diminuisca la tua incertezza riguardo a un processo.

Il Rimediotti guardò gli altri girando il collo martoriato, per poi riportarlo verso Massimo. È talmente chiaro che non ho capito una sega, diceva quello sguardo, che non c'è nemmeno bisogno di pigiare il tastino. Fu Pilade a sollevare la laringe di Gino da ogni sforzo ulteriore.

– Giù, ora dimmi che anche l'informazione è matematica.

– Certo. Per essere precisi, in matematica l'informazione è potenziale. L'informazione di un sistema è data dal numero di messaggi possibili che un sistema è in grado di dare. È quello che dà valore all'informazione. Lo stesso messaggio, se proviene da due sorgenti con diverse possibilità, dà due informazioni differenti.

Massimo uscì dal bancone, come sempre sfruttando al volo l'occasione di potersi calare nella didattica.

– Supponiamo che tu senta uno scaricatore di porto che bestemmia. Che informazione ti dà la cosa? È successo qualcosa di grave o no?

– Mah, so una sega io. Pol'esse', ma anche no. Gli scaricatori bestemmiano.

– Ecco. Appunto. Ora immaginati la stessa bestemmia, con lo stesso tono di voce, detta da Umberto Eco. È successo qualcosa di grave?

– Ecco, in questo caso...

– Appunto. In questo caso, se uno come Umberto Eco, che presumibilmente conosceva tutte le parole presenti sul vocabolario e anche qualcuna che non c'è ancora, avesse scelto, tra l'incredibile numero di possibilità a sua disposizione, di bestemmiare, la cosa ha la sua importanza. Il messaggio, pur essendo lo stesso, non ti dà la stessa informazione.

Massimo prese da un mazzo di carte un tre e lo fece vedere a Pilade, ovvero l'unico che non aveva bisogno di un esempio concreto; quindi, tirato fuori da un cassettino un dado, lo fece rotolare sul bancone.

Per un colpo di culo più unico che raro, venne tre.

– Vedi? Tre. Tre da un mazzo di carte, tre da un dado. Ma il tre delle carte non ha lo stesso potenziale del tre di un dado. C'è una probabilità su dieci che venga un tre pescandolo da un mazzo, e una su sei che venga fuori tirando un dado.

Massimo, tanto per non sbagliarsi, rimise anche il mazzo di carte nel cassetto, così per non indurre in tentazione e spedire i vecchietti direttamente al biliardo, e cioè in un'altra stanza.

– La quantità di informazione che viene da una sorgente dipende dal numero di messaggi che ha a disposizione. Maggiore è il numero di possibili messaggi, maggiore è l'informazione –. Massimo indicò con la mano il televisore. – Se ti sintonizzi su una roba del genere, hai a disposizione tre generi di messaggi. A, qualcuno è scomparso. B, qualcuno è morto. C, qualcuno ha le corna. Quantità di informazione fornita dal messaggio, una volta che ne hai visto una puntata, praticamente zero.

– To', ma le perzone son differenti.

– Sì. Se tu le conoscessi. Se si parlasse di qualcuno di Pineta, ne sapreste più di loro. Se si parla di qualcuno che non è di Pineta, che te ne frega se la poveraccia si chiama Sharon o Genoveffa?

Ampelio fece la faccia di chi si vede offrire un pesce con l'occhio torbido.

– 'Un è che tu m'abbia convinto tanto.
– Dolentissimo. Il televisore rimane spento lo stesso.

Pilade, che come al solito aveva capito quello che c'era da capire sia a livello matematico che a livello cognitivo-comportamentale, si era nel frattempo già alzato e diretto, orgoglioso ma rassegnato, verso la sala del biliardo.

– O bravo bimbo. La ripetizione è finita?
– Finita. Potete andare a svagarvi giocando a biliardo. O a morra cinese. O a qualsiasi cosa non preveda accendere la televisione. Se avete voglia di un po' di cinema, casomai il Rimediotti vi fa l'imitazione di Darth Vader. Adesso via, levatevi dai coglioni e che la forza sia con voi.

– E-cOl-brrWhDello di tu' ma'...

– Massimo, hai un minuto?
– Hai voglia – rispose Massimo, in automatico, voltandosi verso Aldo. – Cioè, dipende. Cos'è quel coso che hai in mano?
– Un libro, caro il mio. Anzi, il libro. La Bibbia.
– Mi sembrava di averlo riconosciuto. Stavo in pensiero, erano tre mesi che non mi martellavi i coglioni con qualcosa di culturale. È cosa breve?
– In realtà, caro Massimo, la Bibbia è proprio quello di cui abbiamo bisogno oggi.
– Dici? – Massimo guardò il camino. – In realtà non fa così freddo.

In realtà Massimo avrebbe poco da fare il furbo.

Perché Massimo conosceva Aldo, e sapeva che pur con tutti i suoi difetti non avrebbe mai interrotto una persona che stava lavorando per mettersi lì a parlare del più e del meno, come un pensionato qualunque. Aldo sapeva, per dirla in modo biblico, che c'è un tempo per dire le cretinate e un tempo per dire le cose serie – il tempo per stare zitti, nella Bibbia di Aldo, coincide strettamente con il tempo che serve per dormire – e che quando uno sta lavorando lo si può interrompere solo se si ha da dire una cosa seria.

– Smetti di dire idiozie e ascolta. Esodo, capitolo dodici. Si parla della Pasqua. *In quella notte*, dice il Signore, *io passerò per il paese d'Egitto e colpirò ogni primogenito nel paese d'Egitto, uomo o bestia; così farò giustizia di tutti gli dei dell'Egitto. Io sono il Signore!*

E bisogna dire che a questo punto Massimo era ancora più curioso. Perché è vero, spesso si riescono a dire cose serissime nel contenuto pur se cretine nella forma, ma a tutto c'è un limite – a parte alcune successioni numeriche non divergenti, ma questo al momento non ci interessa.

E quale potesse essere il messaggio serio di uno che si metteva a leggere il libro dell'Esodo ad alta voce in mezzo a un ristorante vicino all'ora di apertura, Massimo non riusciva a immaginarselo.

– *Il sangue sulle vostre case sarà il segno che voi siete dentro: io vedrò il sangue e passerò oltre, non vi sarà per voi flagello di sterminio, quando io colpirò il paese d'Egitto.*

Massimo annuì con ampi cenni del capo, poi santificò il tutto con un segno di croce che, in corrispondenza del nome del Figlio, si trasformò in una vistosa toccata di coglioni.

– Commovente. È veramente confortante che Nostro Signore dal Nuovo Testamento in poi abbia cambiato psicofarmaci e sia diventato un po' meno vendicativo. Adesso mi dici cosa cacchio c'entra questa cosa con la nostra vita?

– È semplice, Massimo. Guarda qui.

E Aldo, preso il giornale, mostrò a Massimo la foto di una delle ville liberty sporche di deliri religiosi e cuscus con le verdure, tutto rigorosamente in rosso.

– La tua bella ha detto che le ville deturpate, per così dire, sono state quattro. Ma le ville sulla Passeggiata del Saracino sono cinque. Perché ne è stata risparmiata una?

– Perché è difficilmente raggiungibile? Perché è a picco sulla scogliera? Perché c'erano i dobermann?

– No, ti assicuro di no. Quella passeggiata la conosco, l'ho fatta centinaia di volte –. Pausa, una pausa lunga. Quel tipo di pausa che Massimo aveva imparato a conoscere bene, e che significava che Aldo aveva fatto quella passeggiata con la moglie, quando era ancora viva. – Comunque, la villa rimasta pulita è facilmente raggiungibile, e non solo: è proprio in mezzo alle altre coppie di due. Perché quella no, e le altre sì?

– E che ne so io?

– Ecco, appunto. Te non lo sai, ma io sì. Chiama la tua fidanzata, mi sa che non siete tornati dalle vacanze per niente.

– Bene. Sono contenta se non siamo tornati dalle vacanze per niente. Però non capisco.

Alice, a gambe accavallate sopra allo sgabello, aveva ascoltato Aldo con attenzione. Il senato, nel frattempo, era rimasto muto come un pesce al forno.

– Ecco, signorina, abbiamo detto che sono state deturpate quattro ville su cinque. Io vorrei una conferma da lei, perché dalle foto sul giornale e da quello che so credo di aver ricostruito le corrispondenze con esattezza, ma non si sa mai. Come le ho detto, credo di sapere di chi sono le quattro ville deturpate. Dalle foto e dalle interviste, sono Menotti il costruttore, Bagnolesi il chirurgo plastico, De Bruijn l'olandese che ha i cantieri a Livorno, e l'ingegner Morgante.

– Bene. Promosso. Sette più. A questo punto sono curiosa di sapere che lavoro fa il proprietario della quinta casa, questo Rossi.

– Ma lo sa anche lei, signorina. Fa l'avvocato.

Le pupille di Alice si strinsero come se le avessero puntato addosso un riflettore.

– L'avvocato? Cioè, Rossi l'avvocato è quell'avvocato Rossi?

– Esatto. È lo stesso avvocato che si è preso il disturbo di venire qui giorni fa, a dirci di non portare caramelle agli anziani e soprattutto di non far loro troppe domande –. Aldo si rimise a sedere, posando una mano sulla Bibbia che aveva appoggiato sopra il tavolino. – Lo stesso avvocato del tizio che ha riconosciuto il cadavere di Olga. Potrebbe essere una coincidenza, eh.

Ma sappiamo tutti e due che non lo è.

Sei, anche sei e mezzo

– Allora, chi è l'avvocato Alessandro Rossi?
– Ba', innanzitutto speriamo d'ave' beccato quello giusto.
– Osservazione non banale – notò la commissaria. – In Italia, di avvocati Alessandro Rossi, ce ne sono perlomeno una quarantina. Specifichiamo, quindi: Alessandro Rossi, nato a Pisa il venti luglio millenovecentocinquantotto ed ivi residente in località Pineta, Passeggiata del Saracino numero cinque.
La commissaria, con un iPad appoggiato sulle ginocchia, dirigeva. Di fronte a lei, muti ma pronti a intervenire come ogni corista che si rispetti, i vecchietti. Di fianco, Massimo, in virtù di primo violino, ligio alle consegne ma con facoltà di assolo.
– Per prima cosa, le notizie formali. Sposato, da trent'anni, con Amelia Stella, nata il dodici febbraio millenovecentocinquantotto. Tre figli: Arabella, di trent'anni, pure lei avvocato. Matteo, ventisei anni, laureato in economia e commercio. Mirko, ventuno anni, studente di economia e commercio.
– L'avvocato Rossi è avvocato penalista, specializzato in reati contro la persona – continuò Alice, scorren-

do con l'indice. – Oltre a esercitare, è anche un accademico. Professore ordinario di Istituzioni di Diritto Penale all'Università di Pisa. È considerato, tra l'altro, uno dei maggiori esperti italiani di stalking.

– Ah – disse Ampelio con l'aria di chi ha capito che la cosa c'entra qualcosa con qualche altra cosa, ma per cosa di preciso non sapresti.

– Ho provato, tra l'altro, a tastare il terreno tra i colleghi – disse Alice alzando lo sguardo sul coro. – L'avvocato Rossi è considerato una persona brava e scrupolosa, un professionista serissimo e un uomo di grande valore. Tra i colleghi.

Doveroso, come inciso. In un mondo in cui quasi nessuno parla male della propria categoria, gli avvocati solitamente si comportano da maggioranza. Un esempio luminoso, a tale proposito, si può avere dai manifesti funebri dei professionisti in questione, quei papiri di lunghezza spropositata nei quali i colleghi dell'ordine ricordano a trecentosessanta gradi le virtù del defunto: professionista stimato e integerrimo, marito fedele e premuroso, amico prezioso e insostituibile, padre affettuoso, passante di rovescio temibile, dai numerosi interessi a cui dedica il tempo libero dal lavoro e dalle innumerevoli opere benefiche alle quali era devoto. A leggere tali cartelli, si sarebbe portati a pensare che evidentemente gli avvocati bastardi non muoiono mai; a conoscere un avvocato nell'esercizio delle sue funzioni, tale ipotesi viene sovente confermata.

– Questo, per le notizie formali. Adesso, passiamo a quelle informali. Chi è l'avvocato Alessandro Rossi?

E Alice, inconsapevolmente, voltò la testa verso Aldo.

– A quanto pare, una gran brava persona – rispose Aldo, col tono di chi riconosce, e non di chi propaganda.

– To', pare proprio di sì – ammise Ampelio, non troppo volentieri. – Io ho sentito tre persone, e non uno che ne abbia detto male.

– Anzi – rincarò Pilade. – Il classico brav'uomo. Serio, professionale, e anche abbastanza umano. Hai presente, Massimo, le persone che 'un gli trovi un difetto, di quelle che escano bene da ogni situazione?

– Hai voglia te – disse Massimo, annuendo ampiamente. – Di solito però hanno la licenza col doppio zero. Al cinema ne ho visti parecchi, nella vita sono ancora qui che aspetto.

– Sì, in effetti qualche difetto ce l'avrà l'avvocato Rossi.

– Di siùro – disse Pilade, con l'aria di chi la sa larga. – Però se ce l'ha li nasconde bene. È un òmo di quelli retti moralmente, 'un so se mi spiego. Tanto per danni un'idea, quando la figliola gli disse che voleva anche lei fare legge lui le disse che andava bene, però siccome lui insegnava a Pisa lei, se si fosse iscritta a Pisa, avrebbe avuto il bollino rosso. Allora le disse: se ci tieni tanto a fare legge la vai a fare da qualche altra parte. E lei ha chiappato e s'è iscritta a Milano.

– Dove ha mandato anche gli altri due figli, beninteso – si inserì Aldo, ligio al canone. – Però loro hanno fatto economia. Alla Bocconi, tutti e due. Uno s'è già laureato, quell'altro studia ancora.

– Bene. Abbiamo di fronte Sant'Alessandro da Pineta. Vizi? Che so, mette le corna alla moglie? Scommette sui cani? Il sabato sera si traveste da baiadera e va a ballare al Frau Marlene?

– L'unica cosa che so è che va tutte le domeniche a vedere il Pisa – disse Aldo. – Tribuna d'onore. Lui e i due figli.

– Per la miseria, che depravati – commentò Massimo alzando un sopracciglio. – Capace che bevono anche alcolici.

Aldo si permise un piccolo rumore – qualcosa che avrebbe dovuto essere una risata, ma che somigliava vagamente a un ruttino.

– Lui in compagnia dei figli? Quello sicuramente. L'hai visto tu stesso.

– Io? – Massimo alzò tutte e due le sopracciglia, stavolta. – Qui dentro?

– Quasi – disse Aldo. – Dai, che lo sai anche te chi è l'avvocato Rossi.

– Magari so che faccia ha, ma che sia l'avvocato Rossi lo ignoro.

– Hai ragione – riconobbe Aldo. – Tu, vedi, lo conosci come il Sultano del Brunello.

– Non ci posso credere –. Massimo sorrise, scuotendo lievemente la testa. – Il Sultano del Brunello. Te guarda lì, è proprio vero che metà del mondo non sa niente degli altri tre quarti.

– Scusate, dolente di interrompervi... – si inserì Alice, con la non del tutto nuova sensazione di femmina esclusa da un discorso fra maschi. – Chi sarebbe 'sto Sultano del Brunello?

– È una delle scene più belle che abbiamo mai visto al ristorante, signorina –. Aldo, da attore consumato che si prepara la scena, si mise bello dritto sulla schiena. – Ottobre scorso, poco prima della chiusura. Era un mercoledì, giorno un po' del cavolo, avevamo cinque o sei tavoli – una ventina di coperti circa. Tra questi, una famiglia babbo mamma e due figli sui vent'anni, appunto quella dell'avvocato Rossi, due o tre coppie tra lo stabile e l'attempato, due fidanzatini all'appuntamento decisivo o quasi.

Aldo si fermò un momento. Il fatto che i trombaturi di Pineta e dintorni scegliessero a colpo sicuro il suo ristorante come preliminare pubblico al momento era per lui motivo di sereno orgoglio.

– Una di queste coppie – continuò Aldo, tornando al presente – era così fatta. Lui: riporto incollato al cranio col vinavil, occhi acquosi, un po' curvetto. Lei: naso aquilino, occhialini stretti, una ghigna che se mai ha sorriso una volta in vita sua dev'essere stato per il naufragio della Costa Concordia. Un distillato di cattiveria e ignoranza come ne ho viste poche.

– Da dove venivano? Alta Padania? Ciociaria? – chiese Alice, che aveva incominciato a capire la naturale diffidenza di Aldo verso alcune zone geografiche.

– Macché. Pisani purosangue –. Aldo mise da parte la cosa, sicuramente una coincidenza, con un gesto della mano. – E questa grifagna ha fatto tutto quello che poteva fare per rimanermi sui coglioni. Prima ha cominciato commentando i prezzi del menù. Poi ha insinuato che il cinghiale fosse congelato e mi ha detto due o tre volte che lei non sopportava l'aglio, e visto l'aspetto non ho faticato a crederlo. Ha ordinato e dopo dieci minuti ha chiesto se era possibile cambiare l'ordinazione, per poi lamentarsi che quelli del tavolo accanto avevano ricevuto da mangiare prima di lei anche se l'ordine era stato preso dopo. Il tutto con un tono da principessa che parla con il guardiano della porcilaia. Insomma, una roba da rovesciarle il tavolo in testa.

Aldo si avvicinò alla commissaria come chi sta per rivelare un segreto.

– A un certo punto l'avvocato Rossi mi chiama e mi fa, a bassa voce: Senta, Aldo, stasera è il mio compleanno. Vorrei offrire un brindisi agli ospiti del ristorante. E mi fa vedere la bottiglia che sta bevendo, un brunello Mastrojanni Schiena d'Asino. Ha ancora qualche bottiglia di questo? chiede. Ne ho ancora quattro, dico io. Si parla di un signor brunello, signorina, non esattamente di roba commerciale. Al tavolo lo faccio centotrenta euro, e perché sono onesto.

Massimo scosse la testa, come a dire che onesto e coglione a volte son sinonimi.

– Perfetto, mi dice lui abbassando ancora la voce. Allora ne porta una per tavolo, con i miei complimenti. A tutti, tranne che a questa vecchia zoccola qui accanto. Così impara un po' d'educazione.

Aldo allargò le braccia, come a palesare che lui non c'entrava niente in quello che era successo dopo.

– Una dopo l'altra, abbiamo portato le bottiglie ai tavoli e le abbiamo aperte. Fra l'altro mangiavano tutti cacciagione, come abbinamento era il suo. E a ogni tavolo, quando dicevo chi era il gentile anfitrione, gli ospiti si voltavano e l'avvocato Rossi alzava il bicchiere, in silenzio, con un gran sorriso. Una dopo l'altra.

Aldo guardò Massimo, che guardò Alice. Tutto vero, confermarono gli occhi di Massimo.

– Avrebbe dovuto vedere la faccia della vecchia grifagna man mano che si rendeva conto che a lei la bottiglia non arrivava. A un certo punto mi ha anche chiamato –. Aldo stese le labbra fino a farle diventare inesistenti, una fessura rigida. – «Mi scusi, la bottiglia omaggio per noi?». Mi è toccato spiegarle che era stata offerta da un cliente, e io non potevo certo obbligare i clienti nei loro comportamenti.

– Non ci posso credere... – disse Alice, dopo qualche secondo di silenzio.

– Ha presente, signorina, quando il suo senso di giustizia viene appagato? Quella meravigliosa sensazione di quando qualcuno riceve il fatto suo? – Aldo mimò un gran respiro, ed espirò con credibile soddisfazione. – Ecco, quella sera mi sono sentito così. E Alessandro Rossi per me è diventato il Sultano del Brunello.

– Okay – disse Alice, pensierosa. – Quindi, a parte le manie di grandezza, difetti quest'uomo proprio non ne ha?

– Lui, no – disse Pilade, sempre con aria saputa. – Il figliolo, Mirko, quello piccino, dice ciabbia un po' di viziétti.

– Viziétti?

– Diciamo anche viziacci. Lo chiamano Pogba.

– Come il giocatore della Juve?
– Scusa, Alice – si intromise Massimo. – Va bene che siamo al bar, ma anche alle volgarità c'è un limite. Certe parole qui preferirei che tu non le dicessi.
– O mamma mia, chiedo perdono. Pogba?
– Esatto. Dovunque sia, tira e lo mette dentro.
– Ho capito. E dove lo trovo, 'sto signor Mirko Rossi?
– Mah, sarà a Milano. Dice studi lì.

– Adesso, le possibilità sono due –. Alice girò lo sguardo tutto intorno, molto più volpe che cerbiatto. – Possibilità numero uno, è tutta una enorme coincidenza. Qualcuno vorrebbe sostenere questa ipotesi?
I quattro si guardarono nelle lenti da presbite. Poi, con quasi una puntina di disgusto per essere stato accostato a una ingenuità così colossale, Pilade disse:
– Come gli garba tanto dire a Massimo, non siamo nati ieri.
– Bene. Siamo d'accordo. Allora, vi va di fare un pochino di brainstorming?
Panico.
– Alice, abbi pazienza, ma se parli in britannico il Quartetto Uretra non capisce – intervenne Massimo. – D'altronde, in italiano la traduzione esatta del concetto non è immediata. Vi va di ragionare un pochino sui cazzacci altrui?
Dio bòno, 'un s'aspetta altro. E parli come ciaccia, signorina commissaria, via.
– Allora, partiamo. Come mai la villa dell'avvocato Rossi è stata segnalata in questo modo?

– Perché l'avvocato Rossi non è innocente – disse Aldo. – Il sangue, cioè il rosso, sugli stipiti delle porte indicava che chi abitava in quella casa doveva essere risparmiato. Ergo, chi abita nella casa la cui porta non è dipinta di rosso non dovrebbe essere risparmiato.

– Supponiamo che chi l'ha fatto non avesse un intento così biblico. Per quale motivo non dipingere direttamente la casa dell'avvocato Rossi?

– Perché se ha qualcosa da nascondere non avrebbe denunciato il fatto – rispose Pilade, senza nemmeno chiedere la telefonata a casa.

– Bene. Tutti d'accordo?

I quattro annuirono come un sol vecchio.

– Allora, continuo a domandarmi: perché un modo tanto bizzarro di segnalare la cosa? L'unica spiegazione che mi do è che gli ignoti artisti di strada non potessero rivolgersi direttamente alla polizia. Allora, se si vuole denunciare un crimine, perché non ci si rivolge alla polizia?

– Perché s'ha paura della perzona che si sta denunciando – azzardò Ampelio.

– Oppure perché siamo noi stessi dei fuorilegge – fece notare Aldo.

Gli altri tre si voltarono lentamente verso Aldo.

– Dhici-khe stato-FrGhenji?

Una delle capacità meravigliose dell'essere umano è quella di interpretare correttamente le informazioni inserendole nel loro contesto. Ascoltata al di fuori di questa conversazione, la possibilità che qualcuno capisse che il Rimediotti aveva appena pronunciato il nome di battesimo «Evgenij» sarebbe stata pressoché nulla; ma, essendo l'argomento della discussione la morte della povera Olga, tutti e cinque gli astanti associarono immediatamente il nome dell'ex marito della poveretta al confuso sfrigolare che era uscito dalla macilenta laringe del pensionato.

– È un'altra possibilità, certo. Ma non ne sono convinta.

– Mi scusi, signorina Alice, ma non è necessario sgozzare le vecchiette per essere dei fuorilegge. Basta semplicemente, che so, essere in territorio italiano senza permesso di soggiorno –. Aldo allargò le palme delle mani. – Comunque, in ogni caso, mi sembra che quello che stiamo dicendo converga nella stessa direzione.

– Sì, sono d'accordo. O un gruppo di persone che ha paura di denunciare un avvocato esperto in diritto dell'immigrazione, oppure un gruppo di persone che per qualche motivo non vuole avere a che fare direttamente con la legge italiana.

Pilade si voltò verso il suo compagno di sinistra.

– Conosci qualcuno che ha una badante ucraina, Ampelio?

– Quarcuno no – ridacchiò Ampelio. – Parecchi sì.

– Bene. Questo è già un punto di partenza... sì?

Massimo, che aveva alzato un ditino per chiedere la parola, lo abbassò puntandolo verso il nonno.

– Te mi vorresti dire che manderesti davvero 'sti quattro a fare domande alle badanti, dopo che già una volta hanno rischiato l'arresto per aver zuccherato a morte la mamma del Marino?

– To', ma 'un ci s'andrebbe mìa tutti assieme – disse Ampelio.

– Uno alla volta o tutti insieme, non fa differenza. Scusa, sai, ma mandare voi a interrogare una persona è come scippare qualcuno dandogli prima una pedata negli stinchi. Se davvero queste donne sono spaventate da qualcosa, arrivare con la banda come fate voi può solo farle fuggire via. E questo è il punto primo.

– To', ma 'un si parlerebbe mìa colle badanti. Si parlerebbe colle loro assistite.

– E qui ti volevo. Avresti informazioni di seconda mano. Maggiore è il numero di interlocutori, maggiore è la possibilità che il messaggio si corrompa e diventi incomprensibile. Specialmente se uno degli interlocutori è rincoglionito. Dato che parliamo di uno di voi che parla con uno che ha bisogno della badante, è una possibilità che vedo tutt'altro che remota.

– Son bòni tutti a trova' problemi – disse Ampelio, a mezza bocca. – Io quand'avevo la tu' età trovavo anco le soluzioni, però.

– Ah, se è per quello ho anche la soluzione. È ancora vivo il tuo amico Mastrapasqua?

Silenzio.

Di quel silenzio breve e vibrante, carico di attesa, che fa da prodromo a una bella manata sul tavolo e a qualche gaio moccolo di approvazione. Perché, come sempre, nella lingua parlata è il tono che dà il significato; e da queste parti anche una bestemmia può essere indice di qualcosa di inaspettato sì, ma anche gioioso.

Sì, è ancora vivo il nostro amico Mastrapasqua.

Sette

La qualità di un messaggio si degrada con l'aumentare del numero di intermediari che si interpongono tra la sorgente e il ricevitore.

Questo principio è noto sia in matematica – con il serissimo e rigoroso nome di Data Processing Inequality, sempre parlare in inglese se non si vuole correre il rischio di essere capiti – sia nella vita di tutti i giorni, con il ben più comprensibile nome di principio del telefono senza fili.

Nel trasmettere il messaggio da una sorgente – o, in italiano corrente, «pettegolo» – a un ricevitore – o, sempre in italiano corrente, «amico del pettegolo» – il contenuto di informazione del linguaggio diminuirà inesorabilmente nel caso in cui la trasmissione sia affidata a uno o più intermediari – il pescivendolo, il macellaio, la mi' socera ecc. – i quali inevitabilmente distorceranno il messaggio amplificandone l'errore.

L'affidabilità e la comprensione del messaggio, quindi, diminuiscono con il numero di intermediari: a patto che la sorgente e il ricevitore lo espandano su di un identico set di elementi di base, o per dirla in linguaggio comprensibile, a patto che parlino la stessa lingua.

Perché se uno di noi trovasse un foglio con tutte le informazioni che gli servono per risolvere un problema, ma questo foglio fosse scritto in ucraino, non capiremmo nemmeno di che cosa sta parlando. Non solo non ne comprenderemmo il contenuto, ma correremmo il serio rischio di buttarlo via.

In questo caso, un intermediario sarebbe il benvenuto: qualcuno che capisca sia l'ucraino che la nostra lingua, e che ci faccia da interprete.

A questo serviva il compagno Mastrapasqua.

– Il compagno Mastrapasqua?

Tiziana, seduta al bancone con le gambe accavallate, sembrava in tutto e per tutto una cliente normale. Del resto Massimo era stato chiaro: quando ci sono io, tu qui puoi anche non fare nulla. E Tiziana, apparentemente, aveva apprezzato.

– Esattamente. Armando Maria Mastrapasqua. Tesserato del PCI fin dal diciottesimo compleanno, poi confluito in Rifondazione Comunista, poi nei Comunisti Italiani.

– Insomma, un illuso.

Un giudizio così, dalla Tiziana che Massimo aveva conosciuto, non sarebbe mai arrivato. Così netto, così poco ambiguo. E anche, ammettiamolo, parecchio condivisibile.

– Diciamo uno piuttosto convinto – edulcorò Massimo, che pure era pienamente d'accordo. – Lo è ancora ora, figurati negli anni Sessanta-Settanta, quando erano tutti fiduciosi che sarebbe spuntato il sol dell'avvenire. E invece si è arrivati al tramonto senza nemmeno sfiorare mezzogiorno.

Massimo prese una sigaretta direttamente rollata dalle mani della commissaria, che si era conservata apposta per la serata; un classico esempio di gesto d'affetto che, a lungo termine, rischiava di avere ricadute non troppo positive.

– Erano anni in cui l'Italia e la Russia erano vicine da tanti punti di vista; e la politica e gli affari, lo sai, spesso interagiscono. Uno dei capolavori di Enrico Mattei fu mettere le basi per sfruttare i giacimenti sovietici di metano. Cominciò tutto negli anni Cinquanta, quando Chruščëv...

E qui a Massimo sarebbe tanto piaciuto spiegare come l'accordo venne concluso, nonostante la morte di Mattei, proprio perché l'URSS voleva realizzare il gasdotto solo ed esclusivamente con l'ENI: la compagnia che, all'epoca, aveva il miglior sistema integrato di lavorazione dei prodotti petroliferi su scala mondiale. Un po' come se oggi Google si trovasse a Mantova, invece che a Mountain View.

Era una delle storie che gli aveva raccontato sua mamma, nelle rare pause a casa fra un lavoro e l'altro, e che affascinavano così tanto Massimo quando era piccolino che andava in giro a dire orgoglioso che la sua mamma costruiva le dighe e fabbricava l'energia.

Purtroppo, i giovani d'oggi spesso hanno fretta, e della storia del paese glimportaunasega.

– Scusa, Massimo – interruppe Tiziana, con educazione ma anche con fermezza. – Abbi pazienza, ma fra cinque minuti devo andare di là al ristorante. Parli tanto di Aldo, ma anche te quando parti non ti si ferma più.

Massimo non la prese benissimo.

Un po' perché questa storia che tutti gli davano del vecchio cominciava anche ad essere molesta.

Un po' perché la partenza di Tiziana coincideva inderogabilmente con l'arrivo di Marchino il Principe dello Shaker, che in quanto ex marito di Tiziana gli sarebbe stato sui coglioni anche se fosse stato simpatico, figuriamoci così com'era, convinto che il diploma di barman equivalesse a un dottorato in fisica delle alte energie.

Però, la primavera e l'assenza di vecchi fanno miracoli sull'umore. Specialmente su quello di un barrista sociopatico.

– Questa me la lego al bastone. Insomma, quando l'ENI concluse le trattative per il metanodotto con l'URSS dovette scegliere un pool di persone da mandare in Russia per la realizzazione, e tra gli operai specializzati all'epoca di comunisti convinti ce n'erano non pochi.

– Tra questi, immagino, il compagno Mastrapasqua.

– Esatto. Il quale è vissuto proprio nei posti dove passa il gasdotto, tra Kiev e Dnipropetrovs'k. Dieci anni tra Italia e Ucraina, con poca Italia e tanta Ucraina. Risultato per la nazione, la realizzazione del grande gasdotto che garantisce ancora oggi il quaranta per cento del fabbisogno energetico dell'Italia; risultato in piccolo, il compagno Mastrapasqua parla ucraino correntemente.

Massimo schiacciò la sigaretta nel posacenere e fece così ritornare il bar nella sua piena legalità. Adesso, ci vuole un caffè.

– Mi è sembrato naturale suggerire che i giovincelli potevano chiedere al compagno Mastrapasqua di accompagnarli ai giardinetti Mugnaioni, dove si riuniscono tutte le ucraine la sera prima di cena –. Massimo azionò il macinacaffè e, come sempre, stette a guardare il filtro che si riempiva, godendosi il profumo caldo del caffè macinato in diretta. – In questo modo, come apprezzerai, si colgono molteplici risultati. Numero uno, la possibilità di far confluire informazioni utili all'indagine aumenta in modo ragguardevole. Numero due, mi tolgo dai coglioni mio nonno e abbasso l'età media del bar di un buon mezzo secolo proprio all'ora dell'aperitivo.

– Non lo so, Massimo. Non è che questa persona la metti in pericolo? Noi qui si ride e si scherza, ma questa donna qualcuno l'ha ammazzata per davvero. Se uno la prende a gioco...

– Magari fossi in grado di mandare i vecchi dove devono andare. Sono grandi e pensionati, e le loro decisioni le prendono da soli –. Massimo mise la tazzina sotto la macchina e spinse il bottone dell'erogazione. – Poi, il compagno Mastrapasqua lo conosco bene. È un uomo tutto d'un pezzo, di quelli che nel sol dell'avvenire ci credevano davvero. Uno così certe cose le fa per puro spirito di servizio. È un dovere nei confronti della comunità.

– Ma siete siùri che è pieno di gnocca?
– Dio bòno, Armando, ma ruzzi? – Ampelio sollevò il bastone e lo ostese in tutta la sua lunghezza. – Certi stacchi di cosce che per accavalla' le gambe gli ci vò-

le il permesso de' vigili urbani. Ò, n'avrai viste te d'ucraine.

– De'... Che tempi. Te 'un pòi capi', italiano in Ucraina, alla fine dell'anni Settanta – disse il compagno Mastrapasqua, con quella puntina di rimpianto di quello a cui adesso toccano le ucraine in Italia, avendo appena finito settant'anni.

– Me lo riòrdo, quando tornasti, che raccontavi che 'un ce n'era una brutta – disse Pilade, con l'aria perfidetta di chi si ricorda di averne sentite parecchie, di cazzate, all'epoca, su com'erano belle le cose in Unione Sovietica.

– Artri tempi – tranciò il compagno Mastrapasqua. – Ora ci sono anche l'ucraine brutte.

– Vero – confermò Aldo. – Posso garantire personalmente. Però mi dicevi che di quelle che sono qui non ne conosci una.

– Cosa vorresti di', che avrei bisogno della badante? Ora, ho finito settant'anni, mìa cento. Al cesso da solo ci arrivo ancora.

– No no, non intendevo quello. Volevo solo avere conferma che nessuna di queste donne ti conosce.

– Tranquillo, nessuna. E non parlo ucraino da vent'anni.

– Te lo ricordi ancora?

Il compagno Mastrapasqua non rispose subito.

Anche perché di fronte al gruppetto era passata la madre di tutte le dèe.

Nazionalità, Est Europeo.

Altezza, un metro e ottanta.

Età, indefinibile. A giudicare dal collo, circa cinquant'anni; a giudicare dalle gambe, venticinque per due. Il compagno Mastrapasqua guardò sfilare la donna, come quello che suona il triangolo guarda passare il direttore d'orchestra.

– Certe cose, ber mi' Ampelio, non te le puoi scordare – rispose sospirando il compagno Mastrapasqua.

– Via, ora posa l'occhi e metti in funzione l'orecchi – disse Pilade, con tono pratico. – C'è da trova' un assassino, no da fassi veni' un infarto.

– A proposito, Tiziana...
– Sì?
– Prima che arrivi il Principe dell'Aperitivo, ti vorrei parlare cinque minuti di una cosa seria.
– Sì... Va bene. C'è qualcosa che non va?
– No no. Anzi, tutto il contrario.

Otto

– Due minuti ed è pronto.
– Grazie, Massimo. Ho una fame da orso –. Alice prese dal tagliere un pezzetto di parmigiano (compra quello quaranta mesi, io di formaggio ne mangio poco ma quel poco almeno che sia buono, grazie Massimo) e lo inglobò con soddisfazione. – Ti va se mentre mangiamo – ciomp, scusa – parliamo un po' e faccio il punto della situazione?
– Figurati –. Massimo posò il mestolo e cominciò a grattugiare il parmigiano sul risotto direttamente dal pezzettone-madre. – Son solo ventiquattr'ore che sento parlare della povera Olga, e a cena per via che non c'era Aldo mi è toccato stare di là in sala a dare una mano a Tiziana. E ho saltato la cena anch'io, non solo te.
– Povero tesoro. Saltare la cena. Almeno un grado sette della scala Schiavone.
La scala Schiavone era una scala empirica delle rotture di coglioni inventata da un collega di Alice, del quale talvolta la commissaria parlava. L'unica cosa che Massimo aveva capito era che era bene tenersi alla larga da questo tizio, in quanto a) aveva fascino b) portava più

merda lui dei vecchietti, girargli intorno era un po' come tamponare Totò Riina.

– Come minimo.

– Vedi, noi donne in questo siamo un po' più flessibili – disse Alice, preparandosi un pezzo di parmigiano grande il triplo di quello precedente, che già era ragguardevole. – Saltare un pasto non è poi questa tragedia. Se ne vale la pena, si può fare.

– Capisco. Del resto, che le donne hanno una vocazione per la sofferenza l'ho sempre sospettato –. Massimo, con perizia, prese una robusta mestolata di risotto e la adagiò su un piatto, per mettere poi il piatto direttamente in mano ad Alice. – Evvualà, risotto con ceci e borragine al profumo di fritto.

Il risotto l'ho fatto io, il profumo di fritto viene dal piano superiore dove quel rimasuglio di umanità della Gorgonoide aveva deciso evidentemente che era l'ora di fare qualcosa per salvare il pianeta, e con tutta evidenza aveva cominciato smettendo di cambiare l'olio alla friggitrice. Da una settimana circa, quindi, Massimo viveva immerso in una versione tutta mediterranea dello smog londinese: un'atmosfera satura di olio esausto e particelle cancerogene assortite che dava al momento di rientrare a casa un significato piuttosto intenso.

– Davvero. Bisognerà fare qualcosa – disse Alice, e dette fede al proposito mettendosi in bocca la prima forchettata di risotto mentre Massimo si riempiva il piatto. – E comunque, te scherzi parlando di vocazione alla sofferenza, ma guarda che invece hai ragione da vendere. Ho guardato oggi il fascicolo di Evgenij Bondarenko, l'ex marito della vittima. Uno stronzo come se ne trovano pochi. Povera donna. Con un marito così, e con delle amiche così... vedrai come ci metto le mani sopra. Intanto si beccano tutte l'occultamento di cadavere. Poi vediamo di passare all'omicidio.

– Cioè, secondo te le ucraine in collettivo non solo hanno ucciso Olga, ma hanno anche cercato di nascondere il corpo?

Hm-hm, rispose Alice mentre masticava. L'abitudine ti rende capace di sopportare le stragi di migranti al telegiornale, figuriamoci un cadavere sulla spiaggia a Pineta.

– Saresti anche così gentile da dirmi perché?
– Per appropriarsi del suo tesoro. Il suo permesso di soggiorno.

Massimo, quando non sa qualcosa, tace.

Massimo, quindi, tacque.

– Lo sai quanto è difficile ottenere un permesso di soggiorno in Italia, ora come ora? – Alice puntò verso Massimo una forchetta minacciosa. – Per avere il permesso devi avere già il lavoro, ma senza permesso non ti danno il lavoro. Oltretutto, in questo momento anche se hai il lavoro non è detto che il permesso arrivi, anzi. C'è tutto un sistema di quote, il cosiddetto decreto flussi, che dice quanti extracomunitari possono entrare. Si parla di quindici, diciottomila posti, ma più del settanta per cento tocca a chi è già in Italia con un permesso di soggiorno temporaneo. Meno di mille posti a regione, comunque, più o meno. E l'Ucraina non è uno di quei paesi che diano lo status di rifugiato, per cui anche peggio.

– Ho capito, ma non vedo cosa c'entro io. Natasha è assunta a tempo indeterminato e ha il pedigree, volevo dire, i documenti in regola.

– Ma non ce l'avevo con te, dicevo in generale.
Però stavi indicando me.

– Comunque, non capita di rado che la morte di una persona giovane con permesso di soggiorno regolare venga occultata. Anni fa ho fatto un'indagine a Santa Croce, dove ci sono le concerie. C'erano venti senegalesi che si giravano dieci permessi di soggiorno. Tale Khalil che faceva anche tre turni di fila, e con il giusto sforzo, perché tanto erano tre persone sotto lo stesso pezzo di carta. Oppure gente che lavorava per sei mesi, se ne tornava in Senegal e lasciava il permesso a un altro per sei mesi, e poi tornava in Italia e si ricominciava da capo.

– E il padrone non se ne rende...

– Lo sapeva, lo sapeva. Non gli pagava manco uno straordinario. E dove esiste che io faccio tre turni di fila e non pretendo un euro di straordinario? Comunque, ora come ora, un permesso di soggiorno è oro. L'importante è che tu sia negli archivi, poi il modo di falsificarlo si trova. La cosa importante è che coincida l'età, il resto si aggiusta.

La commissaria raccolse con la forchetta un po' del meraviglioso fondo di risotto rimasto attaccato nel piatto e lucidò la forchetta con una bella ciucciata.

– Tutto questo se il cadavere non fosse mai stato ritrovato. Però sfortunatamente viene ritrovato. E a quel punto occorre costruirsi un alibi. Quale alibi migliore di un ex marito violento e vendicativo, mentre invece la povera Olga era un angelo disceso dal cielo?

– Cosa che, mi sembra di notare, non ti torna.

– Non mi convince per nulla. Primo, era una consumatrice abituale di cocaina. L'autopsia è stata abbastanza chiara.

– Ah.

– Secondo, il famoso tatuaggio era di uno stile che gli angeli del cielo di solito non sfoggiano, un tribale a freccia che puntava dritto dritto sul culo. Più cubista che cherubino, ecco, secondo me. Ce n'è un altro po'?

Ce n'è, ce n'è. Mentre Massimo riempiva il piatto, Alice continuò a vuotare il sacco.

– Allora, pensa a tutte le cose che non tornano. La cara dolce Olga era una cocainomane, tanto è vero che la tua lavapiatti, Spock, non va nemmeno al funerale. Però tutte a dire che era un angelo del focolare.

– Tutta coca e chiesa, verrebbe da dire.

– Ecco, appunto. E tutte, nessuna esclusa, ad additare il marito. Marito che, questo te lo confermo, ha già ricevuto un paio di denunce per stalking da parte della vittima. Peccato però che Evgenij Bondarenko secondo me non c'entri una mazza.

– Allora perché è andata a vede' il fascicolo di Bondarenko?

– Vede, Pilade, Evgenij Bondarenko era un violento. Aveva picchiato la moglie in parecchie occasioni, e questo è agli atti, non se lo sono inventato le ucraine. Se la morta era vittima di soprusi da parte del marito, compagno o chiunque sia, si va sempre a cercare.

– To', ma che discorzo è? Se tutti quelli che picchiano la moglie l'ammazzassero, ci sarebbe parecchie meno donne a giro. Non dico che picchiare la moglie 'un sia una cosa schifosa, eh, signorina, capiamosi bene. Io dìo solo che un conto è una manata e un conto è una cortellata. È una quistione di probabilità.

Hai proprio ragione, dissero gli occhi del Rimediotti. Solo con gli occhi, perché a voce sarebbe stato rischioso: a parte possibili corti circuiti del subwoofer, la commissaria stava già guardando Pilade con l'aria di chi pensa che una coltellata a volte sia una buona idea.

– Stiamo dicendo due cose diverse, Pilade – si inserì Massimo, per dovere nei confronti della probabilità e della fidanzata. – Tu stai dicendo che se un uomo picchia la moglie, la probabilità che la ammazzi è bassa. È abbastanza vero. In America, è meno dello zero virgola uno per cento. Ma la statistica non si fa così, devi partire dal fatto certo.

Sul piano di vetro erano sopravvissuti alcuni cornetti della colazione; Massimo prese un superstite e l'accoltellò alla pancia.

– Ora, il fatto certo è che una donna è stata uccisa – continuò, mentre sventrava l'incolpevole cornetto. – E le statistiche dicono che quando una vittima di omicidio in precedenza aveva denunciato maltrattamenti, nel *novanta per cento* dei casi a ucciderla è stata la stessa persona che la maltrattava.

Massimo, dopo aver verificato il decesso del cornetto, ne trattò l'interno con abbondante nutella; quindi, ricomposto il cadavere, gli dette un morso soddisfatto.

– È un tipo di ragionamento fallace piuttosto noto – disse, dopo aver deglutito. – In America, ragionando come ragioni te, riuscirono a far assolvere O. J. Simpson.

Pilade guardò Massimo con la bocca piegata dalla sofferenza, un po' perché va bene paragonare Pilade a un americano come larghezza, ma farlo come cervello era offensivo, un po' perché vedere uno che si galumava impunemente un cornetto pieno di nutella era qualcosa che lo toccava nel profondo.

– Va bene, settepiù. Però stavorta la statistica la fa fòri dar vaso, o sbaglio?

Oh, non lo freghi 'sto vecchio. A malincuore, Alice voltò i palmi delle mani all'insù.

– Stavolta ho parecchi dubbi. Mettiamola così, sono andata a vedere il fascicolo per avere la conferma che Bondarenko fosse un violento. E in effetti lo è. Un violento, quando ammazza la moglie, lo fa con violenza. Non la avvelena, e nemmeno fa quello che è stato fatto in questo caso.

– Perché, com'è morta questa tizia? È stata avvelenata?

– Più o meno. È morta per un edema laringeo. Una reazione istaminica comune, una reazione allergica. E Olga, è emerso dall'autopsia, era allergica al latte.

– Ma 'un potrebbe essere stato un incidente?

– Un incidente? Scusa, Pilade, ma se te per incidente arroti uno sulle strisce cosa fai, te lo carichi in spalla e lo butti in mare?

– C'è gente che lo fa – rimbeccò Pilade, cinico ma obiettivo. – Specialmente se c'è da guadagnacci. Se nessuno la dichiarava morta, era un permesso di soggiorno in più.

– Era stata la prima cosa che avevo pensato. E come ipotesi resta in piedi. Infatti per quello dicevo che come prima cosa si beccano l'occultamento di cadavere, che sarebbe già un reato per conto suo. Per l'omicidio ho bisogno di sapere un po' di cose in più. Io però propendo più per il sì che per il no. E qui, amici belli, entrate in scena voi. Novità?

Il compagno Mastrapasqua, conscio di essere al centro dell'attenzione, portò una mano alla tasca con gesto studiato, estraendone un taccuino con la copertina di cuoio; uno di quegli oggetti che tutti noi compriamo a valanghe mentre siamo in fila alla cassa delle librerie, per poi perderli esattamente due giorni dopo l'acquisto. Aperto il taccuino, con il compìto orgoglio dell'agente segreto che riferisce di fronte al PensionBuro, cominciò:

– Allora. Specifico innanzitutto che quelle che riporto sono conversazioni a due o più persone che non sono state in nessun modo stimolate da noi, in panchine adiacenti a quella da noi occupata. Tutte le conversazioni, posso riassumere, convergono in una notevole unità di vedute riguardo alla defunta.

E vai, si parte col burocratico rococò. Prendete un uomo della sinistra di una volta, ma nemmeno troppo, aggiungeteci un burocrate, e avrete un esemplare incapace di utilizzare la lunghezza adeguata per dare un messaggio: uno che usa centosei parole per dire quello che potrebbe essere detto in dieci, e comprime in un singolo incomprensibile lessema come «catoblepismo» concetti da venti righe.

– Devo inoltre porre in evidenza che la mancanza di pratica della lingua ucraina non mi ha permesso di capire completamente quello che veniva riferito in conversazione. Ho deciso quindi di riportare solo le conversazioni del cui contenuto e significato sono completamente certo.

La commissaria dette un piccolo sbuffetto col naso; impercettibile per chiunque tranne che per Massimo, il quale ne conosceva sia il significato che la probabile evoluzione.

– Olga Harasemchyuk, dicono le comp... – piccolo e forse lievemente nostalgico colpo di tosse – scusate, le compatriote, era una cittadina modello e una lavoratrice impeccabile, devota e scrupolosa. La comunità le era molto, molto affezionata. Ho sentito in merito opinioni di persone le più difformi al riguardo, le quali tutte convergono...

– Scusi, signor Mastrapasqua – intervenne Massimo, prima che la fidanzata esplodesse. – La signorina Martelli è un vicequestore, ma è anche e soprattutto un essere umano. Parli come mangia, altrimenti rischia di essere mangiato prima di aver finito di parlare.

Il compagno Mastrapasqua si guardò intorno. È meglio, gli dissero gli sguardi dei vecchietti.

– Sì, va bene. Allora, Olga era una gran brava ragazza. A quanto pare, le volevano tutte un gran bene. Non ho sentito l'ombra di un pettegolezzo o di una maldicenza.

– Ma comunque ne hanno parlato, lei mi sta dicendo –. Alice, con gli occhi sul compagno Mastrapasqua, affondò le labbra nel cappuccino. – Cioè, intendo, la morte di Olga non è un argomento che le ha lasciate indifferenti.

– No, affatto. Si vede che è una cosa che le ha colpite, che sono rimaste scosse, affrante. Sa, i soliti discorsi che si fanno, speriamo che lassù dove è ora trovi un po' di pace, però detti con sincerità, con partecipazione. Deve tener conto che gli ucraini e i russi spesso sono un po' teatrali nel manifestare i loro sentimenti. Sono molto meno discreti di noi, non se ne vergognano.

– Capisco. E riguardo a come è morta, non hanno detto niente?

– Sì, questa forse è la cosa più interessante. Hanno detto che non si aspettavano di vederla da Darsoi. Hanno detto proprio così: chi si aspettava di vedere quella povera ragazza morta. Pensare com'era felice quando l'abbiamo vista da Darsoi. Chi se lo aspettava di vederla da Darsoi.

– Darsoi? E chi è questo Darsoi?

– Ne so quanto lei.

– Potrebbe essere un cognome ucraino?

– Non credo proprio. Non mi sembra un nome ucraino. Poi c'è un'altra cosa, che gli ucraini, gli slavi in generale, non parlano delle persone che conoscono rife-

105

rendosi a loro col cognome –. Il compagno Mastrapasqua fece cenno alla commissaria facendo scorrere avanti e indietro il dorso della mano, come se fosse su un binario. – Già usare il nome proprio significa distanza. Lei che si chiama Daniela, se fosse mia amica la chiamerei Danka. Chiamarla Daniela in una conversazione fra amici sarebbe maleducato, distaccato, mi segue?

– La seguo – disse la commissaria, non ritenendo opportuno sottolineare che lei si sarebbe chiamata Alice.

La sopradetta Alice, quindi, rimase per un attimo pensosa, le mani a coppa intorno alla tazza.

– Bene, signori. Vi ringrazio per il tempo che mi avete dedicato. Sono emersi alcuni elementi che credo aiuteranno nello sviluppo delle indagini.

Ottima tattica, pensò Massimo. Gli dai un bel contentino e loro tornano a casa felici di aver fatto il proprio dovere per la società. Anzi, pardon, la società civile.

– Le ucraine si riuniscono tutti i giorni ai giardinetti del Mugnaioni. Noi si penzava di torna' lì anche stasera. Che ne dice, signorina?

E ora gli dici che no, gli elementi portati al vaglio degli inquirenti sono già più che sufficienti e richiedono una attenta valutazione per poter essere utilizzati ai fini di una attenta ricostruzione dei fatti. Grazie, buona giornata e toglietevi dai coglioni che devo lavorare, almeno io.

– Mi sembra un'ottima idea.

Eh?

– Certo che è un'ottima idea. Più informazioni si hanno, e meglio è.

– Sì, informazioni. Dipende che tipo di informazioni.

– Ogni tipo di informazioni può essere d'aiuto.

– Sì, stavo parlando della loro credibilità – rimbeccò Massimo, tentando di essere cortese, nella consapevolezza che quando aveva ragione tendeva ad essere vagamente aggressivo. – Prendi 'sto nome che è venuto fuori, Darsoi. Te l'ha detto uno convinto che tu ti chiamassi Daniela. Chissà com'era il cognome originale. Magari si chiamava Cuccurullo.

– Fa parte del mestiere. Guarda Massimo che il lavoro d'indagine non è tutto intuizioni lampanti, come nei gialli. E non è un gioco di carte, come mi raccontavi te quando mi parlavi della prima volta che ti sei trovato dentro un caso.

– Sì, non è un gioco, lo so. Ma io parlavo del gioco come modello, come metafora.

– Lo so bene, Massimo. Volevo dirti che è proprio il modello che è sbagliato. Un lavoro d'indagine vero, sul campo, è molto più simile alla battaglia navale. All'inizio spari alla cieca, e non cogli niente, ma è fondamentale che tu ti ricordi dove hai sparato, perché anche il fatto che lì tu non abbia trovato nulla è una informazione –. Alice sottolineò il concetto picchiandosi con l'indice sulla mano aperta. – A un certo punto, quando prendi qualcosa senza affondarlo, capisci che devi continuare a sparare nei quadratini adiacenti, ma con criterio. Se ne becchi due di fila, sai che il terzo colpo lo devi sparare sulla stessa linea. Davanti o dietro, non lo sai, ma sai che è solo questione di tempo. Ecco, il nostro lavoro è così.

Alice aspettò che Massimo dicesse qualcosa. Dopo qualche secondo di silenzio, ricominciò:

– Vero, magari ora non so chi è questo Darsoi, e magari alla fine scoprirò che si chiama Pomponazzi. Però so che hanno visto Olga felice in compagnia di qualcuno. Siccome non mi sembra che facesse una vita che ispirasse allegria, tutto il giorno chiusa in casa a pulire il culo a una vecchia rintronata, e quando esci da lì ci potrebbe essere in agguato il tuo ex marito con un bottiglione di acido. Ci deve essere qualcuno che la rendeva felice. Adesso che so che esisteva, posso fare domande su chi è questo qualcuno. Domani, per esempio, inizierò con il suo avvocato, il buon Alessandro Rossi. Tuo nonno e gli altri invece possono chiederlo alle ucraine. Non posso mica andarci io in incognito, no?

– In teoria sarebbe il tuo lavoro. Non sono sicuro di voler mandare mio nonno, Aldo e gli altri a farlo. Già si sentono dei detective, non vorrei che ora si mettessero a fare gli eroi.

– È la carriera – scherzò Alice. – Prima detective, poi eroi, poi supereroi.

– Sì, i Prostatici Quattro –. Massimo rimase serio. – Qui è già morta una persona, ma non sono sicuro che debba essere per forza l'ultima. Si sta parlando di traffico di permessi di soggiorno, cocaina, criminali dell'Est Europeo. Non sono tranquillo.

– Nemmeno io. Per questo tuo nonno e gli altri hanno sempre un mio uomo dietro.

– Un agente? E chi sarebbe, quello scemo o quello deficiente?

Alice si voltò e guardò Massimo con due occhi che, per fortuna, le venivano di rado.

– Tonfoni non è un genio, ma il suo lavoro lo sa fare. E io so fare il mio.

– Ho capito –. Massimo esalò un lungo sospiro teatrale. – Allora io torno a fare il barrista.

– Bravo –. Alice spinse la tazza di fronte al suo barrista/fidanzato. – Me ne fai un altro?

– No. È l'una e mezza passata. Al massimo, a quest'ora, un caffè. Tu fai il tuo lavoro, permettimi di fare il mio.

Nove

L'avvocato Rossi aveva esattamente lo studio che uno si aspetterebbe andando a trovare un avvocato che si chiama Rossi.

Un largo corridoio munito di tappeti, lungo il quale Alice era stata scortata da una segretaria – o forse una praticante – che aveva meno curve del tappeto in questione; il corridoio portava in un salottino con quattro poltrone, un tavolo di vetro basso e un tavolo fratino alto nel quale Alice aveva aspettato forse un paio di minuti l'arrivo dell'avvocato.

Anche l'avvocato Rossi era esattamente come dovrebbe essere uno che di cognome si chiama Rossi e di mestiere fa l'avvocato: un uomo come tanti, ben rasato e con i capelli grigi, un poco di pancetta e praticamente privo di sedere. Solo, in viso, un paio di occhi molto più umani di quelli di un avvocato Rossi standard, o meglio, di come uno di solito se lo immaginerebbe.

– La ringrazio, innanzitutto, di avermi ricevuto così senza il minimo preavviso.

L'avvocato sorrise brevemente, facendo un gesto con la mano; chiaramente, si potevano saltare i convenevoli e andare al sodo.

– Lei sa perché sono qui?

– Sì, credo di sì – rispose l'avvocato. – Lei sta indagando sul danneggiamento delle ville sulla Passeggiata.

– Esatto –. Visto il tipo, Alice decise di essere diretta. – Mi chiedevo per quale motivo solo la sua è rimasta intatta.

– Non è stata fortuna, no – rispose l'avvocato, guardandosi la punta delle scarpe. Poi, lo sguardo si alzò su Alice. – E nemmeno distrazione. Questi simpaticoni sapevano che quella è casa mia. Lei è di queste parti?

– Sono elbana.

– Allora conoscerà il modo di dire. Grosso come una casa. «Come hai fatto a mancarlo, che è grosso come una casa?». D'accordo che gli stranieri non capiscono i modi di dire, ma una casa è difficile da mancare.

– Perché dice che sono stranieri? Lo sa cosa dice la scritta in arabo, no?

– Certo, certo. Non sto parlando di arabi, sto parlando di ucraini. È una storia di cui so poco, e quel poco che so mi basterebbe, che mi riguardasse o meno.

– Ma purtroppo la riguarda – si lasciò sfuggire Alice.

L'avvocato Rossi alzò su Alice un paio d'occhi da persona che negli ultimi giorni non aveva dormito bene.

– Molto più di quanto crede. Sì, molto più da vicino di quanto non vorrei. Dobbiamo partire da un'altra ucraina, signor vicequestore. Olga Harasemchyuk, la ragazza ritrovata morta sulla spiaggia. Vede, signor vicequestore, Olga aveva una storia con mio figlio.

Alice aveva sempre trovato che gli avvocati parlassero troppo. In questo momento, con quel tizio che appena sfiorato l'argomento era partito in quarta senza nemmeno bisogno di essere interrogato, non era più tanto sicura che la cosa fosse per forza un difetto.

– Suo figlio? Intende...

– Intendo Matteo. Lo conosce? Ecco, prego.

E Alessandro Rossi porse ad Alice la foto di un dodicenne sorridente, dal volto equino, ma un equino allegro. Foto più recenti, apparentemente, non ne aveva.

– Vede, Matteo è sempre stato un ragazzo esuberante. Voglia di studiare, il giusto. Né troppo né poco. E voglia di divertirsi, anche.

– Non come suo fratello minore, mi sembra di capire.

Il volto dell'avvocato Rossi ebbe una smorfia, come a dire che un dispiacere alla volta gli bastava e avanzava.

– Matteo è un ragazzo a posto. È proprio questo che mi ha spaventato, quando ho scoperto per caso che usciva con la ragazza.

– La conosceva già?

– Olga è... Sì, magari. Era una mia assistita. Olga aveva alle spalle una storia di violenze e di persecuzioni. Aveva sposato un ragazzo delle sue parti, pare che fosse una promessa del calcio, ma quando è arrivato qui è entrato quasi subito in un brutto giro. Droga. Storia comune, intendiamoci; è incredibile, lo saprà, il numero di detenuti che sembravano avere un futuro a centrocampo quando erano adolescenti. Comunque, da lì a poco...

– Evgenij Bondarenko. Conosco la storia. Ho letto il fascicolo.

– Ecco. Allora saprà di che cosa stiamo parlando. Signor vicequestore, mi permetta la banalità, ma chi si somiglia si piglia. Anche Olga qualche pippatina non la disdegnava affatto, sa?

– Sì, l'autopsia lo ha messo in evidenza. È un ritratto un po' diverso da quello che ne hanno fatto le sue compatriote. A sentir loro sembrava l'angelo del focolare.

– Sì, c'è sempre un po' d'esagerazione. Le capisco, in fondo. Comunque, lei forse penserà che io sono un impiccione e che mio figlio è adulto, ma...

– Gli ha fatto capire che la sua nuova nuora non la faceva saltare di gioia.

L'avvocato, ripresa la foto del figlio, la rimise sul tavolo fratino, accanto agli altri familiari in due dimensioni. Poi, dopo essersi nuovamente seduto, rispose:

– Sì, devo dire, sì. Era previsto che venisse alla festa per la promozione, gli ho spiegato che né io né sua madre eravamo contenti della cosa.

– E questo la fa sentire in colpa?

– Si vede tanto? – disse l'avvocato, guardando Alice. – Per che cosa, vorrei saperlo, ma sì, mi sento in colpa. Non so per cosa, non so per quale motivo, ma suppongo sia normale, no? D'altronde, è evidente che qualcuno è convinto che Olga si trovasse davvero in casa mia quando è morta.

– E lei può provarmi il contrario?

– In modo da convincere lei, sì. In modo da convincere gli inquirenti, no. Intendo, signor vicequestore, che alla festa erano presenti circa centocinquanta persone. Le posso dare una lista approssimativa già adesso, se vuole...

– ... la ringrazio...

– ... ma il fatto che nessuno l'abbia vista non vorrebbe per forza dire che non fosse chiusa in una stanza, magari in compagnia di qualcuno che entrava e usciva. Badi bene, io sono arcisicuro che Olga a casa mia quella sera non c'era.

E ringrazio Dio.

Questo l'avvocato non lo disse, ma la commissaria lo capì lo stesso. Così come le sembrava di capire che l'avvocato fosse sincero, su quel punto specifico. Olga, in casa, quella sera non c'era.

Oppure lui non lo sapeva.

– Capisco il suo punto di vista. Devo chiederle, allora, come suo avvocato, se potrebbe sapere dove si trovava. O se suo figlio lo potrebbe sapere.

– Mio figlio... Preferirei tenerlo fuori da questa faccenda il più possibile – rispose il Rossi tentando di non far vedere che si era irrigidito, nel tipico atteggiamento dell'avvocato a cui viene proposto di concedere un'unghia in più di quanto programmato.

– Non so sinceramente se sarà possibile. Io la ringrazio per quello che mi sta dicendo, ma tenga conto che non sono io la persona incaricata ufficialmente di seguire le indagini. Io sto solo indagando su un caso di vandalismo.

L'avvocato Rossi si alzò dalla poltroncina, con aria imbarazzata.

– Lo so, lo so. Mi perdoni, ma come capirà questa faccenda per me mescola privato e professionale, e non sono sicuro di come gestirla al meglio.

Alice si chiese se per caso l'avvocato stesse cercando di dirle qualcosa.

– Mi scusi, avvocato, allora, se le faccio una domanda non strettamente professionale.

– Chieda.

– Lei, come difensore di Olga, ha informazioni che potrebbero aiutare a capire dov'era Olga quando è morta, e chi l'ha uccisa, ma tali informazioni sono coperte dal segreto professionale?

– Diciamo che è probabile.

– È probabile?

– Potrebbe aiutare, forse. Non lo so. Diciamo che so dove si potrebbero trovare informazioni, ma non so se ce ne siano. Ma non posso dire agli inquirenti dove guardare, perché questo cadrebbe sotto il segreto...

Alice si complimentò per aver capito bene. Buttiamoci, và. Mi dicono tutti che ho la faccia come il culo, magari sfruttiamola.

– ... segreto professionale, certo. Ma io non sono gli inquirenti. Mi chiedo, potrei essere talmente intelligente da capire da sola dove devo guardare?

– Mettiamola così. Se lei fosse una mia cliente, e qualcuno la molestasse, parlo in via ipotetica, eh, io le consiglierei caldamente di installare nel suo telefonino una applicazione che consente di registrare le chiamate in entrata.

– Sarebbe reato.

– Non se questo permette di raccogliere prove su di un reato già in essere. Lei ha fondato motivo di credere che questo le possa servire a ottenere prove contro il molestatore, e tanto basta.

– Sarebbe bellissimo se uno avesse il telefonino di Olga. Ma a quanto ne so non è stato ritrovato.

– Ah, se è per quello io come avvocato le consiglierei sempre un servizio su Internet. Così le registrazioni non si troveranno fisicamente sul suo telefono, ma su qualche server esterno –. L'avvocato Rossi, dopo aver smanettato un secondo sullo smartphone, mostrò un'icona. – Dicono che questo servizio, TapeACall, funzioni molto bene. È quello che personalmente le consiglierei – concluse, guardandola negli occhi per la seconda volta da quando si erano conosciuti.

– Quindi, se io avessi ricevuto delle telefonate di minaccia...

– ... sì, su questa casella rimarrebbero. È una mia opinione, ovviamente.

Alice, con un gesto da signora di cui lei stessa si stupì, si alzò dalla sedia dopo aver richiamato la gonna con la mano. La stessa mano che, subito dopo, porse all'avvocato Rossi.

– La ringrazio, avvocato. Sinceramente.

– Vorrei solo poter fare di più.

E anche questo venne detto sinceramente.

– Sinceramente, io non capisco cosa siamo tornati a fa' – disse Pilade, guardando davanti a sé.

– A portare il nipotino Giulio sugli scivoli, no? – disse Aldo, accennando col palmo della mano a un bambino biondo che, dopo essersi inerpicato con entusiasmo lungo una scala di un paio di metri, stava felicemente soggiacendo alla gravità.

– Primo, se volevi porta' un bimbo sugli scivoli, quelli vicino alla pineta son più puliti –. Ampelio, dopo aver puntato il bastone verso il mare, lo ruotò per indicare l'infante. – Secondo, te nipoti 'un ce n'hai. T'è toccato scroccare anche quello.

– Avresti dovuto vedere la signorina Livia com'era contenta –. Aldo, pensando alla propria dirimpettaia, sorrise in modo distaccato. – Qualcuno che le toglie il figliolo di torno per un paio d'ore. Io avevo chiesto a Pilade se voleva portare il suo, di nipote, ma non ha voluto.

– È la mi' figliola che 'un ha voluto. Dice che 'un si fida a dammelo.

– Ha ragione. Te l'immagini se sta per anda' sotto una macchina e lo deve chiama' il Rimediotti? – Aldo batté una mano amichevole sulla spalla del compagno Mastrapasqua. – Noi invece di Armando ci si fida pienamente. Hai sentito qualcosa di interessante?

– Sì, qualcosa sì –. Il compagno Mastrapasqua fece un cenno impercettibile alle proprie spalle. – La vedi quella tacchinona a ore sei? Quella bionda con la giacca rosa?

Alle spalle di Mastrapasqua, c'erano due microgruppetti di donne: uno, calmo e compassato, di età media venticinque, e l'altro di circa il doppio, sia come età che come volume. Improbabile che Mastrapasqua parlasse di quello silenzioso.

Aldo alzò le spalle, con l'aria dell'uomo di mondo.

– L'ho vista, l'ho vista.

– Ecco –. Il compagno Mastrapasqua si aggiustò gli occhiali con un dito. – Ha detto che non capisce cosa ci veniamo a fare qui tutti i giorni, ma spera che torniamo domani. Anche Giulio Cesare da solo va bene, ha detto. E la sua amica ha ridacchiato.

– Giulio Cesare? Sarei io?

– Si vede che Asterix arrivava anche in Ucraina. E poi chi dovrebbe essere, di voi tre?

– Vero –. Aldo testeggiò, consapevole. – Ampelio, al limite, potrebbe essere Bruto. Pilade, invece, lo vedo più Crasso.

– Occhio che Cesare ha fatto una finaccia.

– Ah, ma io dei miei triumviri mica mi fido –. Aldo si alzò in piedi, stirandosi la piega dei pantaloni. – Siamo nel duemila, faccio tutto con le consulenze esterne. Ora, se mi permettete, sono curioso di sapere se una di quelle signore ha da accendere. Armando, mi fai compagnia?

– Vai vai, sei bello anche da solo.

– 'Un c'è niente da fa', è sempre convinto d'ave' vent'anni.

– Beato lui. Io invece son convinto d'avenne ottantasei. E il brutto è che ho ragione –. Ampelio scosse la testa, guardando l'amico che, dopo alcuni rapidi convenevoli, si era seduto sulla panchina tra le due attempate bellezze dell'Est, sfoggiando il suo inglese da vecchio West.

– Ò, d'artronde 'un siamo mica tutti uguali.

– Sì, è proprio lì che s'è sbagliato – disse il compagno Mastrapasqua, guardando i bambini che giocavano.

– In che senso?

– A credere che tutti fossimo uguali – continuò Mastrapasqua, facendo un cenno verso i bambini che giocavano. – Guarda, già a quest'età, quante differenze si vedono.

– Vero –. Ampelio ammiccò col mento verso una bambina con le trecce lunghe e le unghie smaltate, un colore diverso per ogni dito. – Quella bimbetta lì, nemmen diecianni e già si vede che diventerà un tegame.

– Vedi? Te, per esempio, in Unione Sovietica duravi poco – commentò il Mastrapasqua.

– In Unione Sovietica l'unico che durava tanto era il Rimediotti – rispose Pilade, a braccia incrociate. – E comunque non ti seguo. Non va bene di' che siamo tutti uguali?

– Perché, siamo tutti uguali per davvero? Guardati intorno e dimmelo sinceramente. Io mi rendo sempre più conto che siamo tutti diversi. In quello, sì, siamo tutti uguali. Non ce n'è uno uguale all'altro. Abbiamo tentato di far diventare tutti uguali, e non ci siamo riusciti. E forse è stato un bene.

Ampelio grugnì.

– Ah, se ti preoccupi per quello, dai tempo alla televisione e fra una ventina d'anni ci s'arriva.

– Mi sembra un filino esagerato.

– Ti sembra a te – ribatté Ampelio, sempre guardando i bimbi. – 'Un si va più ar cinema, tanto c'è le serie televisive coll'attori dei firm, che son meglio del cinema. 'Un si va più alla partita, tanto te la guardi in accadì con tre telecronache diverse, telecronista neutrale, telecronista tifoso e telecronista in ingrese. Ci manca solo ir telecronista finocchio che commenta quanto sono bòni i gioatori e poi la copertura è completa. E allo sta-

119

dio e ar cinema 'un ci va più nessuno. Ma stiamo tranquilli, tanto c'è Feisbuk.

Ampelio scosse la testa, e indicò i bambini col bastone.

– Io quand'ero giovane per divertimmi uscivo di casa. Ora invece usci' di 'asa è diventato reato –. Ampelio mise di nuovo la punta del bastone a terra, e ci si appoggiò con tutto il suo peso. – Te dimmi come fai a rendetti 'onto che sei diverzo da quell'artri, se 'un vedi mai nessuno.

Ho perso il conto

Non bisognerebbe mai entrare in un ristorante prima dell'orario di apertura.

Massimo non era mai riuscito ad abituarsi a quanto fosse diverso il Bocacito alle cinque di sera, rispetto a quando era in pieno funzionamento. Le luci basse – non soffuse, basse, si vede che l'obiettivo non è l'ambientazione ma il risparmio –, le persone ancora vestite male, e a girare fra i tavoli al posto di Tiziana c'è Tavolone in grembiule e canottiera, cioè una roba che farebbe passare l'appetito a chiunque.

E soprattutto la cucina: se uno è abituato a mangiare al ristorante, che non gli venga mai in mente di andare a vedere com'è la cucina. Né dopo aver mangiato, né prima.

Se poi al cuoco girano le palle, sarebbe meglio andare direttamente via.

– Perché prima di aver trovato cosa cerco mi tocca spostare venti chili di CD, che se poi per caso gliene rompo uno te l'hai presente come è fatto il tuo amico, vero – Tavolone riprese un secondo fiato, ma rimase viola in faccia lo stesso, – bruciagli la macchina e 'un se n'accorge nemmeno, graffiagli un CD e sembra che tu l'abbia sgozzato la mamma.

– Socio, casomai, non amico –. Massimo girò le palme verso l'alto. – E poi lo sai anche te, Aldo è sempre stato distratto.

– Sì, ma questa 'un è distrazione. Questovì è sabotaggio –. Tavolone indicò con la mano aperta il lavandino dietro al piano a induzione (rubinetto a pedale, tutto a norma, state tranquilli) dentro il quale riposavano, nell'improbabile attesa di essere messi in lavastoviglie, due o tre compact disc di concerti per pianoforte e orchestra.

– Questovì – ripeté Tavolone – è sa-bo-ta-ggio. Me lo dici te cosa c'entrano i CD nel lavandino?

– Te lo dico io come ha fatto – disse Massimo, rispondendo in realtà a un'altra domanda. – È entrato con i CD in mano, perché lo sai che lui va sempre in giro con le cose in mano, gli è venuta sete, per prendere un bicchiere dalla piattaia sopra il lavandino ha dovuto posare i CD e li ha posati nel primo posto sotto mano.

Poi, dopo aver bevuto, si è dimenticato di cosa aveva in mano fino a sei secondi prima ed è uscito. Non è Alzheimer, è Aldo. È sempre stato così.

– Ho capito. Speriamo che a casa sua armeno lo spazzolone der cesso sia lontano dar lavandino, sennò sarebbe capace di lavaccisi i denti. Massimo, è ora che tu ci faccia un ber discorso.

Massimo si guardò le punte dei piedi. Niente di spettacolare, ma sempre meglio di Tavolone con l'embolo.

– Sì. E cosa gli dico? Aldo, ti vogliamo bene, sei stato il primo a portare a Pineta un certo tipo di ristorazione, sei sempre stato al passo coi tempi, adesso per cortesia siccome hai centosei anni sarebbe anche l'ora che tu stessi in un angolo, che dai noia e basta?

Se Massimo non avesse saputo che la cosa era impossibile, avrebbe avuto l'impressione che Tavolone avesse pensato, prima di rispondere.

– Una specie. Solo più educato. Ò, ir socio sei te, io son solo un dipendente.

– Salve a tutti, belli e brutti – disse dalla sala una voce baritonale, con tono sereno. – Qualcuno ha mica visto il cofanetto coi concerti di Mozart, quelli con Perahia al pianoforte?

– Purtroppo sì – rispose Massimo.

Più a se stesso che a qualcun altro.

– Via, allora stiamo a sentire questa proposta.

– La proposta è semplice –. Sì, a pensarla. È dirla ad alta voce che è un casino. – Prima di tutto, siamo d'accordo che Tiziana in questi anni è diventata affidabile?

– Lo è sempre stata, veramente.

– Okay. Diciamo allora che è diventata autosufficiente?

– Sì, si può dire di sì.

– Ecco. Allora, perché non farla entrare in società?

– In società?

– Sì. In società con noi –. Massimo alzò lo sguardo, finché non riuscì ad agganciare gli occhi del socio, che vagolavano per il locale. – Aldo, guardiamoci negli occhi: tu non sei indistruttibile. Hai quasi ottant'anni, e non so quanto tu abbia voglia di fare ancora questo lavoro...

– Non troppa, in realtà –. Lo sguardo di Aldo continuò a vagare per il locale. – No, di lavorare no. Di stare qui, sì, ma di lavorare no. Credo che tu mi capisca.

Hai voglia. Nessuno ti capisce meglio di me.

– Ecco. Invece potremmo tenere conto che anche Tiziana ne ha. E ne ha più di te. Non per cattiva volontà, è una questione squisitamente biologica. Lei ha trent'anni...

– ... e io ne ho quasi ottanta, grazie per avermelo ricordato. Sai, sono talmente vecchio che la mattina quando mi alzo non mi ricordo bene quanti anni ho. Poi per fortuna me la faccio addosso, e allora mi ricordo che vado ancora all'asilo.

– Ascolta, Aldo, io non vorrei che tu...

– Che io invecchiassi?

No, che tu la prendessi male. Ma non mi sembra il momento di interromperti.

– Che ci vuoi fare, Massimo –. Aldo allargò le braccia. – Invecchiare prima o poi succede. Prima di quanto mi aspettassi, devo essere sincero, ma succede. Sai, credo che sia parecchio meglio dell'alternativa. Forse ti stupirò, ma era un po' di tempo che ci pensavo anch'io. Mi rendo conto di non essere più in grado di fare tante cose da solo.

– Allora, proviamo a farci un ragionamento?

– Sei sicuro che ne sia ancora capace? Vecchio e rincoglionito come sono...

– Aldo, per cortesia. Tiziana è giovane e brava, siamo d'accordo?

– D'accordissimo. Tiziana è giovane e brava. È diventata grande ed esperta. Ha il diritto di avere dei doveri. Dobbiamo solo trovare il modo di fare questa cosa in maniera fluida.

– Eh. Sono d'accordissimo. Come penseresti di fare?

– No, casomai come pensi di fare te. Se mi devo levare dai coglioni, scusa sai, ma almeno lo sforzo di aprirmi la porta dovreste farlo –. Aldo, con passo flemmatico, si diresse verso l'attaccapanni e prese la giacca leggera. – Io vado a farmi un giro ai giardinetti con gli altri pensionati, così intanto mi abituo all'idea.

– Ma fra un'ora incomincia il servizio...

– Appunto. Non vorrei dare noia. A dopo.

La cosa brutta dell'avere un ristorante è che vivi al contrario degli altri.

I sabati e le domeniche sono giorni di lavoro, ma la mattina di lunedì è il momento più riposante della settimana. Mangi bene, perché mangi bene, ma pranzi alle undici e ceni alle sei. E dopo cena, si lavora. Non molti possono reggere questo stravolgimento dei bioritmi senza problemi, e pochi possono adattarsi a vivere con uno che ha un ristorante. Ci vuole una persona senza orari e con tanta, tanta pazienza.

Per esempio, un vicequestore va benissimo.

– Certo, mangiare una cosa del genere senza vino grida vendetta a Dio – disse Tavolone, arrivando a fianco di Alice.

– Lo so, Otello, lo so – disse Alice, passandosi il tovagliolo leggermente sulle labbra. – Comunque ho apprezzato, non ti preoccupare.

– Ci mancherebbe... – riconobbe Tavolone, levando il piatto che, cinque minuti prima, ostendeva una bella carbonara di mare e che adesso poteva essere messo direttamente in lavastoviglie senza nemmeno prelavaggio. – Un bèr dessert? Stasera ho fatto il cràmbol di mele e nocciole all'armagnac. 'Un è alcolico, eh, l'alcol distilla tutto via in cottura.

– No no, grazie. Ora devo interrogare Marino, mi ci vuole un po' di cattiveria. Se mangio una cosa del genere poi al massimo faccio le fusa.

– Ma chi, Marino quello a cui il nonnaccio stava per ammazzare la mamma? – chiese Massimo versandosi un altro goccetto di prosecco, che d'altronde bere sul lavoro è uno dei suoi privilegi.

Una delle seccature, invece, è ritrovarsi sul posto di lavoro le persone moleste in generale. Tra cui, in primis, Ampelio e gli altri due. Ovvero, Pilade e Gino: Aldo e il compagno Mastrapasqua sono rimasti ai giardinetti a guardare un po' di bocce, ma non di quelle con cui i vecchi giocano di solito.

– Marino quello, proprio lui –. Alice si voltò verso Massimo. – E meno male che ci sono andati. Ci sono talmente tante stranezze in questa cosa che vanno chiarite assolutamente.

– Prendi e porta a casa, bimbo – commentò Ampelio. – E lo va a interroga' a quest'ora?

– Eh, vedrai. Fa il turno di notte alla raffineria a Livorno, dalle nove alle sei dorme. Bisogna anche venirsi incontro.

– Io n'andrei incontro volentieri – disse Ampelio. – Ma cor motocarro. E tanto è una merda di nulla. Io gliel'ho detto, signorina, noi s'è preso informazioni. Questo tizio è una perzona che 'un andrebbe toccata nemmeno con la canna da pesca.

– Davvero? – chiese Massimo.

– Eh, un po' sì – confermò Alice. – Piccoli precedenti per furto e truffa. In più ha un processo pendente, sempre per truffa. Lo difende proprio lo studio dell'avvocato Rossi, che guarda caso ne ha assunto la difesa giusto martedì, due giorni dopo l'omicidio. Prima lo difendeva un avvocaticchio d'ufficio, perché Marino non ha una lira. E questa è la prima stranezza.

– E quell'artre?

– Quell'altra stranezza è che non siate ancora a casa a cena – disse Massimo, acido. – Io fra poco devo andare di là per l'aperitivo, e mi sarebbe piaciuto stare un attimo con la mia fidanzata a fare due chiacchiere riguardo a persone sempre vive. Capisco che l'argomento «defungere» vi riguardi da vicino, ma almeno mentre una mangia potreste lasciarla in pace.

– O come fa a sopportallo, signorina?

– Guardi, Ampelio, la cosa è reciproca. L'altra stranezza è che uno studio come quello del Rossi, che ha tutto un altro tipo di indirizzo, all'improvviso decida di occuparsi di un truffatorello come il Marino che non è un caso interessante né come persona, né come argomento, né tantomeno come soldi.

– E questo ci porta all'avvocato Rossi – ricordò Pilade, che non perdeva mai il tondo d'insieme della situazione. – Novità?

– Non molte, a parte una. Massimo, si può avere un caffè?

– Certamente – rispose Massimo solerte, mettendosi poi le mani a conca davanti alla bocca. – Otello, un-caffè-per-Alice, grazie.

E che devono sentire solo quegli altri?

– Dicevo. La sera della morte di Olga è stata la stessa domenica in cui c'è stata la promozione del Pisa, e l'avvocato Rossi ha dato una festa a casa sua. Una roba in grande, dovevano addirittura sparare i fuochi d'artificio dalla barca.

– Sì, son fissati tutti sur Pisa, in famiglia. Però i fuochi d'artificio non li ho visti.

– Non li ha visti nessuno, Ampelio. Perché non ci sono stati. Pare che la barca avesse un guasto.

– Ah – fece Ampelio, deluso.

– Eh – commentò invece Pilade, più interessato.

Su quello che disse il Rimediotti non ci sono fonemi adeguati nella lingua italiana, diciamo che emise un rumore dalle parti dei 70-80 hertz. Che, comunque, esprimeva dubbio e probabile mancanza di comprensione. Quella che invece a Pilade non mancava per nulla.

– La barca guasta, eh? Proprio la notte che hanno buttato un cadavere in mare, te guardalì che sfortuna.

– Vero? Allora, avrei pensato che sarebbe il caso di ricostruire un po' chi c'era a questa festa. Di sicuro c'erano i tre Rossi maschi, il padre e i due figli. Di sicuro non c'era Evgenij. Mi piacerebbe sapere se c'era qualche badante ucraina a parte Olga. Insomma, in generale, gli invitati e gli imbucati. Voi ce la fareste a scoprire qualche altra cosa?

– De', ci si pole prova'.

– Bravi. Ci sarebbe un'altra cosa, allora.

– Al suo servizio.

– Vi capita mai di guardare gli altri che lavorano?

Ampelio alzò le sopracciglia.

– De', è una delle 'ose belle d'esse' in penzione.

– Ne ero sicura. Non è che vi andrebbe di andare un po' a vedere come lavorano ai cantieri navali?

– Magari troviamo qualcuno che ha riparato la barca del Rossi? – chiese Pilade, con gli occhietti che brillavano nella faccia lardosa.

– Allora sareste bravi al quadrato. Se poi me lo venite a dire, vi elevo a bravi al cubo.

– Casomai alla sfera – ridacchiò Ampelio, dando a Pilade una bastonatina amichevole sulla gamba.

– Io prima o poi quer bastone te lo sego – rispose Pilade, calmo, mentre si alzava. – Cor proprietario e tutto.

– Minaccia a mano armata, Pilade – ammonì Alice con un ditino scherzoso. – Perseguibile d'ufficio. Non mi tocchi la mia futura famiglia, o sarò costretta a fare il mio dovere. A proposito di mio dovere, avrei tanto bisogno di vedere Natasha.

Undici, come Pulici

Il problema non è mica andare a letto tardi, la notte.

Il problema è svegliarsi presto la mattina dopo. Purtroppo, se hai un bar, e hai anche una fidanzata che torna alle due da una nottata di interrogatori e di lavoro, tocca fare questo e anche quell'altro.

E quindi, anche se avresti il sonno che ti cola dagli occhi, non si può non stare a sentire Alice che ti racconta che progressi ha fatto.

Anche perché sennò si incazza.

– Insomma, questo Marino che tipo è?
– Il classico truffatorello. Come te lo aspetti.

Nel cervello di Massimo venne proiettata l'immagine di un cinquantenne dagli occhi torvi, i capelli attaccaticci e un giaccone invernale che nascondeva uno strato geologico di maglioni e docce mancate.

– Alto, sorridente, sguardo franco. Un bell'uomo, fra l'altro.

Allora non è così che me lo aspettavo. Anche vero che quello che mi immaginavo io non trufferebbe nemmeno una suora di clausura.

– Ok. Aspetto fisico, promosso. Aspetto cognitivo-comportamentale?

– Ecco, lì c'è da stare attenti. Non troppo intelligente, sennò con quell'aspetto lì avrebbe fatto più strada. Però furbo. Almeno parlando di Olga, la versione è sempre la stessa: brava ragazza, puntuale, intelligente. Un po' incazzosa, a volte, ma a sentire lui...

– ... se dà retta a me, signor vicequestore, le slave spesso sono un po' così, eh –. Marino aveva alzato le spalle, con l'aria di chi ne ha sopportate. – Sentimenti esagerati, amore col megafono e quando odiano qualcuno lo vorrebbero ammazzare.

– E lei, mi sembra di capire, le donne un po' le conosce – aveva ammiccato Alice, con un breve sorriso insinuante di quelli che fanno intendere che sì, peccato che sto indagando su di te, sennò te la darei seduta stante.

Marino aveva risposto con uno sguardo di traverso, da vero tombeur de femmes e da vero uomo: maschio, consapevole e, soprattutto, prevedibilissimo.

– Non siamo qui per parlare di me – disse, convinto che Alice lo rimpiangesse. – Se mi dice che tirava coca, io non me ne sono mai accorto, ma potrebbe anche essere. Stava molto con mia mamma, povera donna.

– Chi, sua mamma?

– Sì, meglio. Povera Olga, che le toccava sopportarla. Mia madre, non so se lo sa, è difòri come un terrazzo. Ha ottant'anni e fischia, ragiona come e soprattutto quando le pare a lei.

– Quindi lei con Olga non passava mai del tempo insieme? Non eravate intimi?

– Ma nemmeno troppo amici, signor vicequestore. Scusi, non vorrei apparire razzista, ma era la badante di mi' ma'. Io i miei amici ce l'ho.

– E il tatuaggio, quel tribale sul sedere, come sapeva che ce lo aveva?

Marino aveva sorriso con aria da simpatico ribaldo.

– Via, signor vicequestore, siamo fra adulti. Olga era una bella ragazza. A volte andavo a casa da mi' ma' e lei era lì che dava il cencio. Olga dava il cencio in terra colle mani, in ginocchioni, un po' perché era lei che era fissata e un po' perché mi' ma', scusi il termine, è parecchio rompicoglioni. E allora quando andavo a trovare mi' ma' un paio di volte l'ho trovata che stava dando il cencio in terra così, a buco pillonzi, coi pantaloni un po' scesi per via della posizione, e inzomma una guardatina gliel'ho data, l'occhio ci va quasi da solo, lei lo saprà come siamo noi maschi.

Meglio di quanto ti immagini, e non come ti immagini te.

Sarebbe anche plausibile, come storia, se non fosse che non è vera. Primo, hai usato troppe parole. Finora hai dato risposte brevi, ma per questa ti sei allargato parecchio. È tipico dei bugiardi allungare il brodo di particolari per rendere il racconto più convincente.

Secondo, stai facendo quella cosa con le mani. Quando una persona mente, spesso allontana da sé quello che sta dicendo. Frase lunga, mani a tergicristallo, ciccio mio stai dicendo una cazzata.

– So anche come sono gli avvocati. Per esempio, so che amano essere pagati per le loro prestazioni –. Alice prese una cartellina e la aprì. – E pare che su questo punto le sue vedute siano radicalmente differenti. Nessuno dei due avvocati che l'ha difesa negli anni passati ha mai visto un soldo. È per questo che le avevano assegnato un avvocato d'ufficio, per il suo nuovo processo?

Marino intercettò rapidamente il cambio di sguardo della commissaria, che da canino era diventato felino.

– Signor vicequestore, non capisco. Si stava parlando di Olga.

– Appunto. Olga viene ritrovata morta sulla spiaggia, e due giorni dopo l'avvocato Rossi si fa carico della sua difesa. Nonostante sia noto che la sua specialità non siano i reati di truffa, e nonostante sia noto che la sua specialità non sia pagare gli avvocati. È una coincidenza?

– No, no che non è una coincidenza. L'avvocato Rossi è rimasto, per dire così, colpito dal mio senso civico. Gli ha fatto una buona impressione sapere che uno come me, che è impelagato nei suoi processi, si prenda la responsabilità di andare a riconoscere il cadavere di una poveraccia morta ammazzata. Olga la conoscevo appena, io.

– Olga la conosceva appena, lei –. Pausa, sbuffata, per far pensare al fesso che non gli si sta credendo e poi gettargli l'amo. – Quindi devo presumere che qualcun altro la conoscesse meglio.

– Ora che me lo dice, signor vicequestore, per come s'è comportato, credo che l'avvocato Rossi avesse a cuore questa ragazza per qualche motivo che ora come ora non le saprei dire.

Alice provò a gettare una piccola esca. Così, tanto per vedere se Marino sapeva qualcosa.

– Forse, scusi la brutalità, era...

La faccia di Marino si allargò in un sorriso di scherno.

– La sua amante? No, no, signor vicequestore. L'avvocato Rossi è una brava persona.

– L'avvocato Rossi è una brava persona –. Alice, seduta a gambe incrociate sul tappeto, aspettava che Massimo finisse di prepararle il panino (col pane integrale e nel prosciutto crudo se puoi mi ci togli il grasso, che non mi piace, grazie Massimo). – Me l'ha detto in modo molto chiaro, e in modo altrettanto chiaro secondo me mi stava dicendo un'altra cosa. Lui è una brava persona, ma qualcun altro no.

– Ho capito. Quindi secondo te Marino sa più di quanto dice?

– Quando uno mente, di solito è così. Ti spiacerebbe metterci anche un pochino di gorgonzola? Sul prosciutto crudo ci sta benissimo.

Se fosse stato nel suo bar, Massimo si sarebbe recisamente rifiutato di compiere una simile atrocità. Essendo a casa sua, ma con la sua fidanzata, non aveva sufficiente autorità per impedire lo scempio. Prima di chiudere il panino, quindi, spalmò un pochino del mefitico cacio sul lato libero, per poi porgere il manufatto alla fidanzata.

– Ma te di formaggio non ne mangiavi poco?

– Io se non mangio qualcosina prima di andare a dormire non prendo sonno tanto bene. Mi basta anche un panino piccolino. Sono curiosa di sentire domani cosa mi dicono i nonnacci. Dai, finisco e andiamo a letto?

Detto con tono neutro, non illudetevi. È tardi per tutti.

– Allora, bimbi. Novità per Alice?
– Mah, vista la faccia di Massimo, si chiedeva se per caso 'un era Alice a avecci una novità per noi. Si vede che è stato sveglio tutta la notte.

Andare a letto e svegliarsi presto, s'è detto a inizio capitolo, è un problema per tutti. O meglio, non per tutti. Siamo andati a letto tutti e due alle quattro: come mai io ho la consistenza di un drappo funebre e quell'altra è fresca e sveglia come un grillo?

– Novità enne enne, caro Ampelio. Per diventare bisnonno dovrà aspettare ancora un pochino.
– Sèi, aspettare. Io la mi' prima figliola l'ho avuta a vent'anni. E anche lei ha avuto Massimo a ventun anni, second'anno d'università. Lui si vede aspetta di diventa' rettore. Ti devo veni' a fa' ripetizioni?
– Perché, sai come si fa? – chiese Aldo, perfidetto.
– To', io tre figlioli ce l'ho – fece notare Ampelio a bastone ritto. – 'Un sono mìa nati per posta, cosa ti credi?
– Intendevo, te lo ricordi ancora? – rimarcò Aldo. – Perché se devi dare ripetizioni, mi sa che vai parecchio sulla teoria, anche te...
– Scusate – disse Alice, che era diventata color rosso pompeiano – ma l'ultima cosa che voglio è che qual-

cuno entri nel bar e mi becchi a parlare di sesso col nonno del mio fidanzato.

– Giusto – fece notare Massimo. – Torniamo alle care vecchie perversioni di una volta. Si doveva parlare di morti ammazzati.

– Per me è lavoro – notò Alice, allungando le mani verso il frutto del lavoro di Massimo, cioè un cappuccino extra large con espresso doppio.

Anche per noi, dissero le facce dei vecchietti.

– Novità – disse Pilade, tornando a bomba. – Siamo stati dal Cellai, quello che ha il cantiere navale vicino al fosso dei Lorena. Quello che ha riparato la barca del figliolo del Rossi.

– Ah, è del figlio? Di quale, di quello serio o di quello un po' bischerotto?

– No, del mezzano, quello un po' più serio. Comunque, ci ha detto che la barca aveva un problema al timone. Una cosa un po' improbabile per una barca così nòva, è roba che capita coll'uso.

– Insomma, un guasto strano.

– Diciamo pure un atto vandalico, via. Qualcosa che impedisca di usare la barca.

– O qualcosa che impedisca di salire sulla barca – osservò Alice. – Magari perché sopra c'è qualcosa che non vuoi che si veda.

– Ah, se lo dice lei che è commissaria...

L'oretta seguente fu impiegata, da Alice&Compagnia sparlante, a ipotizzare una possibile ricostruzione dei fatti.

L'ipotesi principale partiva dalla festa per la promozione del Pisa: festa che si teneva in casa dell'avvocato Rossi, affacciata sul golfo del Saracino, alla quale evidentemente prendono parte un certo numero di persone, tra cui Olga. Olga che perde la vita, non è chiaro se accidentalmente o volutamente, per aver ingerito del latte. Qui le opinioni furono divergenti: secondo la commissaria, un'ucraina doveva per forza sapere di essere allergica al latte e ai latticini, e l'assunzione accidentale non stava in piedi. Una che sa di avere un'allergia letale a un alimento così comune sta molto attenta a cosa le offrono.

L'assassino, o gli assassini, si trovano quindi per le mani questo cadavere, che in una festa di stonati è un elemento che stona un po' troppo, e decidono di liberarsene gettandolo in mare dalla barca del Rossi figlio.

Il cadavere, trasportato dalla corrente, finisce sulla riva e viene ritrovato. Ma c'è qualcuno che, forse, sulla fine di Olga sa più cose di quante non dovrebbe.

Di sicuro Marino, che è stato evidentemente corrotto con una assistenza legale di prim'ordine.

E forse anche le ucraine.

– Perché siamo tutti d'accordo che sono state le ucraine a vergare quelle scritte sui muri, per segnalare la casa dell'avvocato Rossi, vero?

E qui non erano tutti d'accordo.

Per la commissaria, le scritte erano state fatte solo ed esclusivamente per segnalare la casa. Le ucraine avevano escogitato quel modo bizzarro per evitare di doversi rivolgere alla polizia, in quanto molte di loro non esattamente in regola con le norme vigenti.

Per Aldo, biblico come al solito, le scritte volevano evidenziare che i colpevoli erano i figli dell'avvocato Rossi; era infatti scritto nella Bibbia che le case che non avevano gli stipiti dipinti di rosso avrebbero visto puniti i figli di chi stava in quelle case. Ampelio, col consueto savoir dire, invitò Aldo a riporre il sacro testo in una modalità pesantemente sacrilega oltreché di difficile realizzazione, se non in forma di rotolo; Massimo, più coerentemente, fece notare che a prendere il testo biblico alla lettera la colpevole avrebbe dovuto essere la primogenita, che in quel momento stava a Londra. Aldo ribatté che il primogenito nella Bibbia era solo ed esclusivamente il maschio e che le donne contavano più o meno come il bestiame, il Rimediotti si lasciò sfuggire un rantolo in modulazione di frequenza che la commissaria interpretò come «bei tempi» e la discussione, per qualche minuto, deviò dal suo scopo originario.

– La soluzione che propongo io è la seguente – disse Alice. – Chiedere direttamente alla comunità ucraina. Io non lo posso fare ufficialmente perché, come sapete, l'indagine non è mia. Ho già rischiato parecchio a convocare Marino, poteva tranquillamente rifiutarsi di parlarmi e credo che non lo abbia fatto solo per non insospettirmi ulteriormente. Io posso solo indagare sugli atti vandalici alle ville. Vi chiederei, quindi, di prendere di nuovo contatto col compagno Mastrapasqua.

Aldo, le andrebbe di accompagnare Mastrapasqua ai giardinetti?

– To', perché lui da solo?

– Tiro a indovinare – si inserì Massimo. – Primo, perché ci vuole discrezione. Se ci andate voi cinque tanto vale chiamare la banda. Secondo, perché Aldo ha buone maniere ed è una persona che ispira fiducia.

– Ba', anche Pilade ispira fiducia – ribatté Ampelio. – Lo guardi e penzi che a casa sua ci si deve mangia' di morto bene.

– Va bene. Di te invece non si fiderebbe nemmeno un monaco buddista, e il Rimediotti in versione Don Zauker se permetti stavolta lo lascerei in panchina.

– 'Un sei mica te a decide' – disse Ampelio, a sfida. – Decide il signor vicequestore, mìa 'r barrista.

– Sì, Ampelio –. Alice sospirò. – Però in questo caso il barrista ha ragione. Ci vuole discrezione e delicatezza. Dobbiamo far capire alle ucraine che il messaggio è arrivato, e che possono fidarsi di noi. Ci vuole garbo, ci vuole tatto. Adesso è il momento della diplomazia. Quando sarà il momento della rivoluzione, chiameremo i carri armati.

Ampelio fece la faccia delusa.

– Me lo son sentito di' per sessant'anni, signorina. Adesso 'un ci credo mìa più.

Undici e qualcosa

– Mi impiatti due tartare e mi tieni fermo il risotto del sei –. Tiziana ancheggiò tra i fornelli attaccando le comande sul piano di sughero. – Il nove la tartar la vuole come secondo e non come antipasto.

– E gliela faremo di secondo... – commentò Tavolone, senza smettere di guarnire il piatto che aveva davanti.

Uno dei contrasti più spettacolari di un ristorante è la differenza tra la sala e la cucina.

Più la sala è calma, elegante, raffinata ed accogliente, più la cucina è incasinata, rumorosa, ansiosa ed isterica; per ottenere la tartare di scampi su crostino di pane guttiau con olio profumato all'aglio di Caraglio, che in un ristorante stellato vi giunge su un piatto di porcellana, veleggiando tra le mani di un cameriere di aspetto apollineo come se vi fosse stata deposta con tutto l'amore del mondo, di media sono necessarie sei bestemmie, due scottature, la sostituzione di un piatto sbreccato e la reiterata insinuazione da parte del maître che lo chef de partie porti un cognome opinabile.

Se volete sapere com'è la cucina, quindi, guardate la sala e pensate al contrario. Con questa premessa, visto che in sala a servire ai tavoli c'è Tiziana, immaginarvi Natasha non dovrebbe esservi difficile.

– Adesso, Natasha, io vorrei che lei mi dicesse se riconosce le due persone che sentirà parlare in questa registrazione – disse Alice, con lo smartphone poggiato sul tavolo.
La ragazza, per l'ennesima volta, parve esitare.
Alice dovette mettersi le mani in tasca per resistere alla tentazione di cominciare a mangiarsi le unghie.
Era riuscita a risalire all'account di Olga sul servizio di registrazione delle telefonate, e a ottenere i tracciamenti spaziali del numero. Adesso, quella che aveva in mano era la registrazione dell'ultima telefonata fatta dal cellulare di Olga.
Registrata alle otto e mezzo, in un orario sovrapponibile con la morte.
Non ho tempo per la tua indecisione, ciccia.
– Come le ho detto, la cosa avviene in via ufficiosa – disse Alice con voce che tentava di essere carezzevole. – Non le chiederò mai di identificare questa voce in tribunale, e comunque la sua testimonianza probabilmente verrebbe smontata. Da parte mia sarebbe una mossa rischiosa, e da parte sua anche. È solo per escludere una ipotesi.
E, senza darle tempo di riflettere ulteriormente, fece partire la registrazione. Seguì un breve conciliabolo tra due donne in una lingua slava – ragionevolmente ucraino – alla fine del quale le due femmine di cui sopra si salutarono.

– Riconosce qualcuno? – chiese quasi subito.

– Tutte le due, sì – disse Natasha, con una voce meravigliosa, morbida e melodica. Talmente inaspettata che anche la commissaria rimase per un attimo sorpresa, prima di chiedere:

– E chi sono, secondo lei?

– La una che risponde al telefono è Olga. Olga Harasemchyuk – disse, danzando sulle consonanti in modo talmente agile che non sembrava nemmeno lo stesso nome.

– E l'altra?

– L'altra è Svetja. Svetlana Blochin. Conosco bene, lavora al Western Union.

– Cosa si dicono?

– Niente importante. Svetja chiede se Olga andrà alla festa, Olga dice che no. Svetja chiede se vuole andare da lei per compagnia, e Olga dice lei stanca e allora torna a casa.

Alice, annuendo lentamente, rimise il cellulare in tasca.

Allora torna a casa.

E sì, a quell'ora – le nove di sera – il cellulare di Olga, secondo il risultato dei tracciamenti, era agganciato a una cella vicino a casa di Olga, in via delle Ortensie. E Olga aveva risposto al telefono, quindi ce lo aveva con sé.

Ergo, entrambi si trovavano a vari chilometri di distanza dalla Passeggiata del Saracino e dalla villa dell'avvocato Rossi.

Che era rientrato nell'inchiesta dalla porta, e adesso ne usciva dalla finestra.

Le undici e mezzo.

La giornata era quasi finita.

Una giornata lunga, complicata e non priva di tensione.

Tensione che Massimo tentava di scaricare nel suo solito modo, cioè parlando da solo. Come sempre faceva, per capire meglio. Perché la cosa che rendeva Massimo teso e insoddisfatto era che non riusciva a capire.

– Allora. Aldo e Mastrapasqua vanno dalle ucraine. Le salutano, dicono loro che il messaggio è arrivato, che hanno capito che l'avvocato Rossi e/o i suoi figli, uno alla volta o tutti insieme, sono coinvolti, e loro annuiscono e dicono da da molto bene.

Massimo, chiuso nella sua automobile, ripassava quello che gli avevano raccontato nel corso della giornata. Chiuso in auto, sì. Di camminare in pineta al buio non se ne parlava, l'ultima volta che lo aveva fatto era giorno e ci aveva rimesso un crociato. Di parlare da solo nel locale manco a pensarci, un paio di volte gli era capitato mentre era chiuso in bagno e all'uscita quegli altri lo avevano preso per il culo tutta la giornata, e voleva evitare di sentirsi dire di nuovo «guarda che se proprio ci tieni a parlare con un cesso c'è Natasha in cucina».

– Poi chiedono loro di parlare, di raccontare che cosa sanno, e queste si rifiutano. Parleremo, dicono, solo quando arresterete Evgenij. Aldo spiega che Evgenij non c'entra nulla, che manco si sa dove sia, e loro rispondono lo sappiamo noi dov'è, è qui nella zona, vi diciamo dove e come trovarlo ma la polizia lo deve arrestare, e allora noi parliamo.

Il che era quanto Aldo e il compagno M. si erano sentiti dire. E che li aveva stupiti non poco.

– Alice dice che se Evgenij non ha violato l'ordinanza non lo si può arrestare. E lo potrebbe tuttalpiù mandare ai domiciliari, se avesse violato l'ordinanza. Ma come si fa a sapere se si è avvicinato ad Olga? Se chi lo sa non ce lo dice, è un casino. Il telefono di Olga non registra telefonate di Evgenij, almeno non negli ultimi giorni. E poi, perché cavolo queste si incaponiscono con Evgenij?

Massimo aprì il finestrino e buttò il chewing gum sul marciapiede, poi richiuse. È un gesto da incivili, sì. Quando Massimo è concentrato su qualcos'altro, non c'è versi, è un po' bestia.

– Ricapitolando: la vittima, che era tanto una brava ragazza ma sniffava come un centrocampista, è morta per un'overdose di latte. E già questo farebbe ridere, se non fosse una tragedia. Da viva, era stata picchiata dal suo ex marito, che poi ha regolarmente denunciato. Le sue colleghe di livore ci hanno praticamente detto che il troiaio, l'omicidio, è successo in casa dell'avvocato Rossi, ma insistono che per dirci tutto quello che sanno devono prima vedere Evgenij in galera. Però all'ora della morte la tipa era in casa sua, oppure in un posto vicino a casa sua. Di sicuro non era a casa dell'avvocato Rossi all'ora in cui c'era mezza Pineta. Logica conclusione: non ci capisco un cazzo. Torniamo al ristorante, và, che è meglio. E sentiamo cosa ha deciso quell'altro rintronato. Almeno qualcosa riuscirò a concludere.

– Allora, Massimo, ho la soluzione – disse Aldo, dopo essersi messo bene a sedere. – Ci ho pensato, in questi due giorni, e credo proprio di averla trovata.
– Oh bene. Allora, la prima cosa: con che quote la facciamo?
– Cinquanta e cinquanta. Mi sembrerebbe la cosa migliore.
– Aldo, forse non ci siamo capiti. Tiziana con che quota entrerebbe?
– Col cinquanta per cento. Il mio cinquanta per cento.
– Aldo, non so se voglio capire.
– Credo che ti convenga –. Aldo si appoggiò allo schienale con un lungo respiro. – Massimo, sono vecchio. Non sono anziano, diversamente giovane o esperto ma pur sempre valido. Sono vecchio. Mi scordo le cose. Sai, la mia età comporta dei problemi grossi per lavorare in un ristorante: la perdita della memoria a breve termine e, cosa ben più grave, la perdita della memoria a breve termine. Sarei d'intralcio. Mio nonno diceva sempre che in punto di morte nessuno s'è mai lamentato di aver lavorato troppo poco. Ecco, comincio a condividere il suo punto di vista.

Massimo si sentì stringere alla gola.

Fino a quel momento, aveva considerato solo gli aspetti negativi della presenza di Aldo al Bocacito.

Gli errori nelle comande.

I compact disc nello stereo, che diffondevano solo ed esclusivamente barocco e tardo rinascimentale.

I compact disc nel lavandino, silenti ma ugualmente molesti.

I fornitori che consegnavano due volte, o che non consegnavano affatto.

Ma non aveva considerato quanto era bello ascoltare Aldo che parlava.

Aldo che spiegava i piatti e che per ogni piatto aveva una storia, sempre diversa per ogni sera e sempre uguale per ogni persona diversa che lo ascoltava.

Che fosse un principe o due neofidanzatini, che fosse un tanghero tatuato o un gruppo di zitelle che faceva la cena dell'anno fuori casa, Aldo faceva sentire tutti dei signori.

Tiziana, questo, non lo sapeva ancora fare.

Massimo non l'avrebbe imparato mai.

– Aldo, non credo che Tiziana abbia i soldi a sufficienza per rilevare la tua quota.

– Non vedo il problema. Glieli presto io.

Aldo si accese la sigaretta testé fregata dal taschino di Massimo, tanto ormai il locale è chiuso e le multe fra poco non le fanno nemmeno più a me, e scosse la testa come a dire che non c'era nulla di cui preoccuparsi.

– A chi li lascio, i miei soldi? Sono vedovo, e non ho figli. A Tavolone, col bene che gli voglio, gli passo già un lauto stipendio. Gli altri miei amici temo che avrebbero poco tempo per goderseli nel caso in cui, scusa ma mi tocco le palle. Si fa una cosa ammodo, col notaio. Niente di oneroso, il modo si trova. Ho solo due clausole.

Aldo mostrò il dito indice puntato verso il cielo.

– La prima: niente musica del cazzo nel mio locale finché sono vivo, e possibilmente anche dopo. Posso arrivare a sopportare i Beatles, ma se sento anche solo una volta quei troiai commerciali che ascolti te mi ripiglio tutto.

– Andata.

Aldo mandò il medio a formare un angolo acuto con l'indice.

– La seconda: Marchino non deve mettere piede nel ristorante. Marchino rimane al bar, con gli altri rozzi suoi pari, ad ascoltare la diarrea strumentale di cui sopra mentre tenta di decapitare qualcuno con lo shaker.

– Quindi se lo becca tutto Massimo. A questo punto, però, una condizione la devi concedere anche a me.

– Sentiamo.

– Aldo la sera, quando non ha niente da fare, viene al ristorante a raccontare un po' ai clienti cosa mangiano e perché dovrebbe piacergli.

E stavolta il sorriso di Aldo fu parecchio più sincero.

I ristoranti prima dell'orario di apertura, si diceva a inizio capitolo, non sono il massimo dell'accoglienza. I ristoranti dopo l'orario di chiusura, invece, sono fra i posti più ospitali del mondo.

Specie se vai d'amore e d'accordo col proprietario, e avete appena finito una carbonara di pesce che il cuoco ha fatto solo per voi due.

– Vedi, Massimo, la cosa che mi fa più spavento è la possibilità di essere controllato dall'esterno – disse

Aldo, posando la forchetta nel piatto, coi rebbi all'ingiù. – Che i miei comportamenti possano venire indotti dall'esterno. Io sono nato libero, sono vissuto libero e voglio vivere quanto mi resta in piena libertà.

– E hai paura di me e di Tiziana?

– Di te, no. Di Tiziana, sì.

– Anche a me piacerebbe avere paura di Tiziana – ridacchiò Massimo.

– Sì, altri tempi. E dillo a voce bassa, sennò il signor vicequestore ti taglia le palle.

Massimo, istintivamente, si guardò in giro. Niente di male, ma vallo a sapere.

– Ho visto quanto sei cambiato da quando c'è Alice, in meglio per carità, – continuò intanto Aldo – ma ricordati che farti fare quello che non vuoi fare e per di più contento di farlo è una specialità delle donne. Di tutte, non solo della tua fidanzata.

– Non credo che sia così facile farmi fare quello che non voglio.

– Non parlo solo di azioni. Parlo di reazioni, di sensazioni, di emozioni. Quando uno vive in due, pensa in modo differente. E ognuno è pronto ad essere, diciamo così, indirizzato nelle sue scelte. Ognuno.

– Ripeto, non credo che con me sia così facile.

– No? Va bene. Ti va se facciamo un giochino di magia?

– Hai voglia.

Hai voglia sì. Aldo, con un mazzo di carte in mano, era un prestigiatore meraviglioso. Da bambino, Massimo aveva passato ore incantato di fronte a quest'uomo con la voce profonda, che sembrava non prendersi mai sul serio, a farsi dire «pesca una carta» e meravigliarsi per le apparenti violazioni di ogni legge fisica che Aldo riusciva a imporre ai re di cuori e ai loro colleghi.

Poi Massimo era cresciuto, Aldo era invecchiato e gli era venuta l'artrite, e l'unico gioco di prestigio che ancora eseguiva in pubblico era estrarre una sigaretta dal taschino di Massimo, trucco che dopo un po' finisce per annoiare.

– Non c'è bisogno di carte né di altro. È solo un piccolo gioco. Facciamo un test per stabilire il tuo grado di empatia. Pronto?

– Pronto.

– Entri in una ferramenta, vuoi comprare un paio di forbici, ma il commesso è sordo. Che fai?

Ma che domanda è?

Massimo mimò con la destra il gesto delle forbici che tagliano.

– Benissimo. Entri in un negozio di animali, vuoi comprare un cane, ma il commesso è cieco. Che fai?

– Bau, bau...

Aldo guardò Massimo con severità.

– Massimo, il commesso è cieco, non è scemo.

Mentre a Massimo si allargavano le pupille, Aldo spiegò, ridacchiando:

– Il cervello di ognuno di noi si muove in base a un principio semplice, Massimo: riconosco la situazione? Se la riconosco, cerco nel mio armamentario mentale qualche utensile per gestirla. Ma il nostro cervello ha anche, diciamo così, una certa persistenza temporale. Se ho usato dei circuiti poco tempo prima, questi rimangono accesi ancora per un certo tempo. E così anche persone molto intelligenti, come te, possono dare risposte sceme, come hai fatto te ora. È molto più semplice, ed energeticamente conveniente, seguire l'ovvio piuttosto che ragionare. Adagiarsi, invece che reagire. E lo facciamo tutti, chi più chi meno.

Aldo si alzò dalla sedia e iniziò a camminare su e giù. Anche invecchiando, quell'abitudine non gli sarebbe mai passata.

– Pensa solo alle famose scritte sulle ville. C'era una scritta in italiano, che diceva che Dio è grande. C'era una scritta sotto in arabo, e sembrava logico che dicesse la stessa cosa.

– No, non era logico. Era solo la soluzione più probabile.

– Ecco, appunto. Pensa a quello che ci hai raccontato l'altro giorno su O. J. Simpson e al caso di questa povera ragazza. La soluzione più probabile è che sia stato il marito, ma non è stato il marito. Non sempre la soluzione più probabile è la soluzione che fa al caso tuo. Semplicemente, il tuo cervello per pigrizia non si prende il tempo di ragion... Massimo?

Massimo non rispose.

A capo chino sul piatto, aveva iniziato a far oscillare la forchetta dall'alto al basso, lentamente, come se stesse dando il tempo a un'orchestra invisibile.

E anche se ci fosse stata, Massimo aveva gli occhi chiusi.

Passarono circa venti, trenta secondi. Dopodiché, aprendo gli occhi, Massimo disse:
– Bene. Aldo, so che ti farà schifo sentirlo, ma sei stato la divina provvidenza.
– Se si affidano a me son messi male. Dove vai?
– Da Alice, a casa. Credo di aver capito cos'è successo a Olga.
L'ho capito, l'ho capito.
Boia come mi tremano le mani.
Non mi ci abituerò mai.

+ 39 3405317001
Massimo amore mio

Lascia perdere la lista, non ci serve più.
Oggi 23:57

Ho capito cosa è successo a Olga.
Oggi 23:58

        Massimo cosa dici
          Oggi 23:58

Arrivo a casa e te lo dico.
Oggi 23:58

           Dimmelo ora
          Oggi 23:59

A casa.
Oggi 23:59

        Cazzo dammi un'indizio
          Oggi 00:00

Cosa hanno in comune Vieri, Simeone e Ronaldo?
Oggi 00:00

> So assai io
> Oggi 00:00

> Mi prendi per il culo?
> Oggi 00:00

Sono serissimo.
Oggi 00:00

> Hanno giocato tutti nell'Inter
> Oggi 00:00

È la risposta più facile.
Ma non è quella che ci serve.
Oggi 00:01

Comunque una telefonata a Milano ti tocca farla lo stesso.
Oggi 00:01

> DIMMELO
> Oggi 00:01

Te lo dico a casa.
Oggi 00:01

> Sei una merda
> Oggi 00:01

E te un'illetterata.

Un indizio si scrive senza apostrofo.
Ci si vede a casa fra poco.
Oggi 00:02

>Non lo so se ti apro
>Oggi 00:02

Tre giorni prima del dodici

– Allora, adesso l'indagine può partire in modo ufficiale. Abbiamo avuto la conferma dai colleghi di Milano. E dato che il reato è stato compiuto in mia presenza, sono autorizzata ad indagare.

Alice si voltò verso Aldo.

– Aldo, mi aveva detto ieri che Rossi figlio, Matteo, è un appassionato di cibo. Ci ha parlato spesso di ristoranti?

– A volte. So quali sono i suoi gusti.

– Bene. Avrei bisogno di una lista dei ristoranti in Toscana dove potrebbe essere andato a mangiare.

– Me ne vengono in mente un centinaio.

– Non c'è problema. Tanto ci mandiamo Pardini. Quanto tempo ci mette a prepararla?

– Se scrive qualcun altro, dieci minuti.

– Bene. Bene.

Alice girò lo sguardo intorno, come un generale che sta per complimentarsi con la truppa. Il che sarebbe esattamente quello che stava per succedere. Solo che il generale aveva trent'anni, e i membri della truppa ottanta e fischia. Massimo, in qualità di attendente, attendeva dietro il banco.

– Inizia la battaglia navale, signori. Vi ringrazio per l'aiuto che mi avete dato, è stato essenziale. Senza di voi non ci saremmo nemmeno resi conto di che reato era stato commesso. Da questo momento in poi, vi devo pregare di lasciar agire le forze dell'ordine e di farvi i cavolacci vostri. Siamo d'accordo?
– D'accordo.
– Dio bòno, d'accordo.
– D'-fwccRRRdo.
– Bene –. Alice espirò forte. – Massimo, un altro cappuccino, per cortesia. Mi sa che oggi non mangerò altro.
– Scusi, però non ho capito – chiese Pilade alzando un dito, cosa che comunque richiedeva un certo sforzo. – Ma a cosa le serve la lista dei ristoranti?
– A verificare se il Rossi e Olga non siano mai andati a cena insieme.
– Ma de', se stavano insieme è chiaro che il figliolo del Rossi...
– Non sto parlando di Matteo Rossi.

Dodici

– Matteo Rossi, nato a Pisa il tredici ottobre millenovecentonovanta, giusto?
– Sì, sì, giusto.
Un ragazzo come tanti altri. Polo Ralph Lauren, jeans, capelli corti, occhiali. Mani curate, esili, da studente. Mani che continuavano a passare e ripassare sui jeans ma non c'era niente da fare, rimanevano sudate lo stesso.
Erano trascorsi tre giorni da quando Alice aveva cominciato la sua personalissima battaglia navale contro Matteo Rossi.
Tre giorni di nervosissima rottura di scatole, tre giorni passati a cercare un gatto nero in una stanza buia senza nemmeno sapere se il gatto c'era per davvero.
– Allora, Matteo, facciamo un piccolo gioco a premi. Per cosa preferisci essere processato? Occultamento di cadavere o omicidio?
Matteo si sforzò di sorridere. Un sorriso convincente come uno sciatore brasiliano.
– Non capisco.
– Allora te lo spiego meglio. Olga Harasemchyuk, ventiquattro anni, nazionalità ucraina, trovata cadavere sulla spiaggia in data ventiquattro aprile. Sai chi è?

- Sì.
- Semplice conoscenza? Amica? Qualcosa di più?
- Qualcosa di più. Abbiamo... siamo stati insieme.
- Una cosa seria?
- No, no, no. Una cosa breve. Cioè, a me piaceva veramente. Però poi è venuto fuori che aveva dei problemi. Allora mio padre...
- Tuo padre ha scoperto che la ragazza aveva dei comportamenti che non gli piacevano.
- Sì.
- E ti ha consigliato di non vederla più.
- Se si può dire consigliato...
- Olga non gli piaceva per nulla, a tuo padre?
- No, credo di no. Non che gli possa dare torto, dopo...
- Allora tuo padre deve essere una persona veramente buona di cuore.
- Scusi?
- Sì, perché con questa persona che non gli piaceva è andato a cena, per esempio, da Caino a Montemerano. Con te e tua madre. Abbiamo mostrato la tua foto e la sua foto ai camerieri, e abbiamo chiesto loro se vi avevano mai visto insieme. Pare di sì. Un posto dove il menù degustazione costa centoventi euro, ma tuo padre se lo ricorderà, ha pagato lui con la carta di credito.

Fino a che Pardini non ci era inciampato, nel gatto nero. Caino, a Montemerano. Un posto che la commissaria fino a quel momento aveva visto solo nelle guide del Gambero Rosso.

– E questa era la tua ragazza che non gli piaceva? Figuriamoci cosa fa per i tuoi amici.
– Si sbagliano. Non ero lì con questa Olga che lei dice...
– E con chi eri?
Un pomo d'Adamo andò su e giù.
– Ero con una mia amica.
– Benissimo –. Alice mise di fronte al ragazzo taccuino e penna. – Nome, cognome, indirizzo. Grazie.
– È sposata.
– Questo non comporta la cancellazione del proprio indirizzo.

Grazie Massimo, una frase così a me non sarebbe mai venuta in mente da sola, ma da quando ti frequento il poliziotto cattivo mi viene parecchio bene.

– Comunque siete una famiglia strana. Fate tante cose tutti insieme. Non conosco tante persone che vanno a cena fuori con un'amica sposata e si portano dietro papà e mamma –. Alice aspettò un attimo, prima di affondare. – Mi immagino insieme con tuo fratello, cosa debba venire fuori. Cosa fate, con tuo fratello?

Il ragazzo non disse niente.

– Te lo dico io cosa fate? Fate delle gran belle feste. Come per la promozione del Pisa, vero?

– Non sono stato io. È stato mio fratello.

– A fare cosa? A organizzare la festa o a uccidere...

– Io non ho ucciso nessuno! Nessuno ha ucciso nessuno!

– Allora come è morta 'sta ragazza?

– È stato un incidente –. Il ragazzo tirò su col naso. – Io non c'ero, è stato un incidente.

– È stato un incidente. Capisco. Anche metterla in barca e gettarla in mare è stato un incidente?

– Non è stata una mia idea!

Adesso era il momento di fare il poliziotto buono.

– Lo so. No, lo so. Tu volevi solo fare del bene a una persona, vero?

E, detta questa frase con la maggior tenerezza possibile, si alzò.

Alice non sopportava gli adulti che piangevano.

Matteo Rossi era uscito in lacrime.

Mirko Rossi invece non sembrava il tipo che piangeva. Specialmente con il padre accanto, e con un altro avvocato che tuo padre ha chiamato apposta per te.

– Avete delle prove di quanto state dicendo?

– Prove? Dunque, potremmo avere dei capelli che abbiamo raccolto dalla barca di suo figlio. Capelli femminili.

Il figlio, Mirko, ridacchiò.

– E quei capelli sarebbero di Olga? – disse, col tono sprezzante di chi si vede proporre di comprare un unicorno da corsa. – Si risparmi una figuraccia, signor vicequestore. È assolutamente impossibile che quei capelli siano della signorina...

Zitto, cretino, dissero gli occhi del padre. E quelli del figlio si abbassarono.

– Siamo tutti dispiaciuti per la morte della signora Harasemchyuk, signor vicequestore – cominciò il Rossi padre. – Ciò che non capiamo...

– La smetta di parlarne come se fosse una pratica del

suo studio – ribatté Alice, piuttosto dura. – Olga aveva una storia con suo figlio Matteo, lo sappiamo. E lei non aveva affatto una cattiva opinione di Olga. Anzi, Olga le piaceva proprio.

Il Rossi senior, finalmente, perse l'aplomb.

– Non si permetta di insinuare...

– Non parlo di Olga come donna – disse Alice, a labbra strette, dondolando lentamente il capo. – Parlo di Olga come persona. Non ho mai pensato che lei volesse approfittarne. E anche se fosse, mi sarebbe molto molto difficile provarlo.

L'avvocato Rossi tornò avvocato. Rendendosi conto che, involontariamente, si era sporto verso la commissaria, si raddrizzò e si riaccomodò meglio sulla sedia.

– Se vogliamo parlare di prove, allora, parliamone. Finora abbiamo parlato di ristoranti. Dice che sarebbe difficile provare che avevo una qualche relazione con Olga, e ha ragione. Se vuole la mia opinione di avvocato, tentare di provare che qualcuno in casa mia ha ucciso Olga le sarà addirittura impossibile.

– Lo so.

– Eh?

L'avvocato Terracenere alzò un sopracciglio. Se Alice lo avesse avuto nel proprio campo visivo, la cosa l'avrebbe sicuramente irritata, dato che lei non ci riusciva.

Ma in quel momento lo sguardo di Alice era inchiavardato sull'avvocato Rossi.

– Io non ho nessuna intenzione di accusarvi dell'omicidio di Olga Harasemchyuk.

Perché questo sembrava innervosire l'avvocato, piuttosto che calmarlo?

– Io ho intenzione di accusarvi dell'omicidio di Sharon Pigliacelli, di Brisbane, studentessa di Fashion Design a Milano, che è stata vista viva l'ultima volta a Milano la notte di venerdì scorso.

Ah, ecco.

– E chi sarebbe questa Sharon Pigliacelli? – chiese l'avvocato Terracenere, evidentemente l'unico del trio in grado di conservare una certa serenità.

Gli altri due, infatti, erano cambiati visibilmente: come atteggiamento, come postura, come colore.

– Una studentessa di moda australiana, come ho detto, che viveva a Milano. Vede, ho parlato con alcuni suoi compagni di studio alla Fashion Design, chiedendo loro alcune informazioni. E sa cosa è venuto fuori?

L'avvocato Terracenere guardò i suoi assistiti. Quello che lesse sulle loro facce sembrò non piacergli. Si voltò di nuovo verso la commissaria.

– Me lo dica lei, allora – disse, dopo qualche secondo.

– È venuto fuori che Sharon aveva un tatuaggio molto particolare. Un tribale sul sedere, a forma di freccia. Le ricorda niente?

E questo era il particolare.

Il particolare che ad Alice non tornava fin dall'inizio, la cosa che le aveva dato fastidio fin dal primo momento.

Un tatuaggio tribale. Su una ragazza ucraina.

Gli ucraini non amano i tatuaggi tribali. Non sono colorati. I tatuaggi ucraini, come quelli russi, sono pacchiani. Elaborate esplosioni barocche di rosso e di verde, spalle ornate di merletti di tre colori diversi, schiene che sembrano vetrate di chiesa.

Alice aveva visto parecchi tatuaggi ucraini e russi, negli ultimi anni, principalmente mentre arrestava i supporti carnacei degli stessi. E non aveva mai visto roba con meno di due colori.

Un ucraino non si farebbe mai un tribale, aveva pensato Alice. Sarebbe banale.

L'avvocato Rossi alzò la testa, con lo sguardo torvo.
– Non sono mica stato io ad identificarla...
– Vero. È stato tale Mariano Marino, che poche ore prima della sua convocazione è stato interrogato da me alla presenza del suo collega, avvocato Malaspina. Su suggerimento del Malaspina, il Marino ha ammesso di essere stato da lei contattato per identificare il cadavere della donna rinvenuta sulla spiaggia. Marino avrebbe dovuto dire, come in effetti ha detto, che il cadavere era quello di Olga Harasemchyuk, ovvero la badante di sua madre. In cambio, Marino avrebbe avuto assistenza legale gratuita dal suo studio e anche una congrua quantità di denaro.

Alice si alzò dalla sedia e si diresse verso la finestra, guardando fuori. Dopo qualche secondo, si voltò e guardò l'avvocato Terracenere, senza minimamente degnare di considerazione gli altri, come se fossero due signor Rossi qualunque.

– Adesso, signor avvocato, mi dica lei: devo accusare i suoi clienti di omicidio o solo di occultamento di cadavere, falsa testimonianza e corruzione aggravata?

L'avvocato Terracenere si alzò in piedi, anche lui.

– Bene, signor vicequestore. Le dovrei chiedere il permesso di conferire in privato con i miei assistiti.

– Sì, credo che sia il caso.

Epilogo

– «... questa infine la versione a cui si sono attenuti i tre accusati, e sulla quale gli inquirenti mantengono il massimo riserbo. La causa della morte di Sharon Pigliacelli, già ipotizzata dall'autopsia, è stata invece confermata a quanto pare in via definitiva: la ragazza è deceduta in seguito a una crisi allergica causata dal lattosio con cui era stata tagliata la cocaina offertale da Mirko Rossi verso le otto di sera, poco prima dell'inizio della festa». Cioè, il lattosio...

– Era nella cocaina, esatto –. Massimo fece su e giù con la testa, lentamente. – Alla ragazza non è venuto in mente. Pare che in Australia si usi il paracetamolo, che laggiù costa meno. Qui in Italia, invece, non è raro che si tagli la coca con il lattosio.

– Boia de' – commentò Pilade. – Tira' la coca e mori' perché sei allergico al latte. È un controsenso.

– Ma di cose lineari in questa storia ce ne sono poche, Pilade. Aldo, le va di continuare?

Aldo, data una scrollata al giornale, lo riportò alla giusta distanza; d'altronde non si era ancora abituato alle lenti bifocali che adesso, apprestandosi a diventare pensionato a tutti gli effetti, aveva accettato di dover portare.

– «Dalla morte accidentale della ragazza, è scattata nella famiglia Rossi la molla. L'opportunità di sfruttare il tragico evento a loro favore per poter dichiarare morta la fidanzata del figlio maggiore», veramente sarebbe il mezzano, «Matteo. Una ragazza con alle spalle una tragica storia di violenza ed abusi che aveva finalmente ritrovato la pace e la serenità accanto al giovane rampollo di una famiglia per bene della società pisana».

– E questi sono quelli per bene – inorridì Ampelio. – Occhio alle carogne, allora.

– Davvero, signorina – fece eco Pilade. – Ma come mai hanno montato tutto questo trabagai?

– È una storia tragica. Quasi più tragica della morte di Sharon.

– E lei, proprio lei che è un avvocato, si fa venire in mente una cosa del genere?

Alice aveva guardato l'avvocato Rossi con aria che non si può spiegare in due righe, e forse nemmeno in venti.

– Cosa avrei dovuto fare, rivolgermi alla legge?

– Chi meglio di lei, scusi? Lei è esperto proprio nel campo di cui si parla...

– Eh, appunto. È questo il problema. Io sono esperto nel campo di cui si parla. Lo so meglio di lei cosa avrebbe potuto fare la legge, in questo caso. Lei lo sa meglio di me cosa subisce una persona che è vittima di stalking. Lo sa quante persone, vero, non denunciano nemmeno?

– Settanta per cento, più o meno. Lo so esattamente come lei.

– No, io invece credo di no. Lei conosce i numeri, non le storie. Lei può solo immaginare a che punto deve arrivare quel trenta per cento che prende il coraggio a due mani e decide di dichiarare aperta la guerra. Perché di guerra si tratta, signor vicequestore. E mentre noi limiamo codicilli, le persone vengono ammazzate. Ha dato un'occhiata al fascicolo di Evgenij Bondarenko?

– Sì. Sì, certo.

– Allora, secondo lei una persona del genere sarebbe in grado di uccidere o no?

– Sì, temo di sì.

– Allora le chiedo di mettersi nei miei panni. Impedire a uno stalker di avvicinarsi alla vittima è già difficile se uno si impegna a rispettare la legge. L'ordinanza restrittiva va scritta in modo talmente dettagliato e puntiglioso che si sconfina facilmente nell'assurdo. Ho avuto una cliente che aveva l'unico distributore di benzina del suo paese, e il suo molestatore ha potuto continuare a presentarsi da lei perché secondo il giudice non gli si poteva impedire di andare a fare benzina nell'unico distributore nel raggio di dieci chilometri. Già facendo le cose secondo la legge, chi molesta spesso può continuare a rendere la vita della vittima insopportabile.

L'avvocato Rossi giunse le mani di fronte a sé.

– La vita di chi è molestato, signor vicequestore, è fatta da due sentimenti. In primo luogo, c'è la paura:

paura di incontrare il tuo persecutore, paura di cosa ti potrebbe fare, paura di fare cose normalissime. Poi c'è la non-paura. Non è tranquillità, è assenza di paura, è una condizione dell'animo che non si può capire. Non si può capire se non si è vista la ragazza di tuo figlio chiedere di entrare a casa tua dalla porta di servizio. O chiedergli di andare a cena fuori a minimo cento chilometri da dove vivi.

L'avvocato Rossi guardò Alice, con il tentativo di guadagnarsi un minimo di empatia.

– Il molestatore può essere ancora minaccioso continuando ad agire secondo la legge. E se il molestatore è uno di quelli che della legge se ne fregano, come questo signore qui – il dito dell'avvocato Rossi picchiò due volte sul fascicolo di Evgenij Bondarenko – allora non è una minaccia, è un pericolo. Un pericolo concreto. Lei non pensa?

– No. Io non penso. In questa sede, posso solo fare il mio dovere.

– «Tramite la dichiarazione di morte, la famiglia aveva intenzione di liberarsi della persecuzione di Evgenij Bondarenko, ex marito della fidanzata di Matteo Rossi, il quale aveva più volte commesso violenze sulla donna ed era stato visto nei mesi scorsi nella zona. Bondarenko, un violento con diversi precedenti penali, aveva più volte minacciato la moglie di ucciderla se lo avesse lasciato. A quanto pare, la ragazza si sarebbe per il momento stabilita a Milano, nella casa del fidanzato in via dei Fiori Chiari, nel quartiere Brera, in attesa di procurarsi una nuova identità. Sulle modalità di quest'ultimo passo gli inquirenti non forniscono ulteriori indicazioni» –. Aldo abbassò il foglio e guardò Alice con l'aria da caro vecchietto che non dirà nulla a nessuno. – Al giornale. E a noi?

Alice prese un respiro profondo.

– L'avvocato Rossi era in contatto con vari istituti di carità. Avrebbero scelto una persona straniera giovane e malata, in una situazione di pesante disagio economico, prossima alla fine, e l'avrebbero assistita semplicemente occultandone la morte, e pagando la famiglia. Probabilmente avevano in mente una comunità di zingari. In questo modo, Olga Harasemchyuk sarebbe diventata qualcosa come Marina Salihamidzic e buonanotte a tutti.

– Poteva funzionare?

– A quanto ho capito, ha già funzionato altre volte.

Poco più tardi, quella mattina, Alice era già andata via, ma il delitto no. In mancanza di meglio, i vecchietti si dovevano contentare di Massimo.

– E quindi quando l'avvocato Rossi è venuto da noi a farci il cesto, era perché aveva paura?

– Eh sì. Se ti ricordi, la mamma di Marino aveva detto una cosa pericolosa. Aveva detto che alle nove di sera Olga era sempre viva, mentre l'autopsia diceva chiaramente che era morta non dopo le otto della stessa sera. A dare retta alla vecchia rintronata, che poi tanto rintronata non era, Olga non poteva essere la morta.

– De', ma se dieci persone diverse la riconoscano...

– Eh, stava lì la genialità del piano – rimbeccò Massimo, così implicitamente facendo notare che anche lui, che lo aveva dipanato, un po' di cervello ancora ce lo aveva. – Marino la riconosce, le ucraine la riconoscono, chi lo va a pensare che non è lei?

Pilade scosse la testa.

– A me quello che mi piacerebbe capire è perché hanno ritirato il loro aiuto – domandò affermando. – Intendo, l'avvocato Rossi ha chiesto loro un falso riconoscimento per poter far partire Olga per altri lidi più sicuri, e tra di loro non si sono fatte troppi problemi, tutte contente di poter dare una mano. Poi però montano quel casino per sputtanarlo.

– Pilade, non ti torna perché pensi alle badanti ucraine come un monoblocco –. Massimo girò le palme delle mani all'insù. – Sai che le badanti straniere in provincia di Pisa sono più di seimila? C'è dentro ogni genere di persone. Ci sono ventenni e sessantenni, lo hai visto anche te. Non tutte le ucraine sono come Natasha. Siete tornati dai giardinetti la prima volta con gli occhiettini che luccicavano.

– Hai voglia...

– Allora, in mezzo a tutta questa gente ci saranno le furbe e le sceme, le oneste e le farabutte, le suore laiche e i troioni da sbarco. La gente son persone, diceva un tipo in un libro che ho letto qualche tempo fa. Niente di più probabile che tra le ucraine ci sia stato chi era d'accordo e chi non lo era.

– Ha ragionissima Massimo – disse Aldo. – Tutte vogliono bene a Olga, lo abbiamo visto io e Armando in questi giorni. A questo si riferivano, quando dicevano «speriamo che lassù si trovi bene». Si riferivano a Milano, non all'alto dei cieli. Però non tutte erano contentissime di questa commedia. E chi non lo era non voleva fare il bastian contrario di fronte a tutta la comunità, ma magari voleva fare qualcosa senza per forza dover ricorrere all'eroismo. Sai, il coraggio non si compra al mercato.

– E nemmen ir cervello – disse Ampelio, come sempre orgoglioso che il suo patrimonio genetico fosse sfociato in una persona intrattabile, sì, ma anche parecchio intelligente. – Io come ha fatto a venirti in mente quella 'osa der Pisa... Solo te, davvero...

– Sì. Io e altre sette-ottomila persone. Tra cui Aldo. O no?

– Vero –. Aldo scosse la testa. – Cos'hanno in comune Vieri, Simeone e Ronaldo? Hanno giocato a Pisa.

Già. Hanno giocato a Pisa.

Bobo Vieri e Diego Pablo Simeone, addirittura, hanno giocato *nel* Pisa, a inizio carriera. Poi sono cresciuti, e sono andati a finire all'Inter. E nell'Inter Simeone sarà compagno di squadra di Luís Nazário Ronaldo Lima, per gli amici Ronaldo, che esordirà in Italia proprio a Pisa, nel luglio del 1997, sul vetusto ma orgoglioso prato dell'Arena Garibaldi, in una gara amichevole tra nerazzurri lombardi e nerazzurri toscani. In quella occasione di festa, un padre orgoglioso non perse l'occasione di fotografare suo figlio, un bambino di nome Matteo Rossi, fra due dei suoi idoli, anche se il nerazzurro che vestivano non era quello del suo cuore.

E qualche anno dopo, una ragazza australiana di origini italiane si sarebbe immortalata davanti a quella foto. Una foto di cui il suo amico Mirko le aveva parlato, e che lei era curiosissima di vedere – esattamente come la barca, la villa, la festa e tutti gli altri lustrini che ci entusiasmano quando abbiamo poco più di vent'anni, e abbiamo talmente tanta vita dentro che pensiamo di poterne buttare via un po' senza grossi problemi. Ma prima, un bel tiro di coca insieme a quel ragazzo italiano così sorridente e via, ancora più allegri dentro il futuro.

Massimo cercò di scacciare quel flusso di pensieri dalla sua mente, consapevole che prima o poi si sarebbe ripresentato.

– Ci passa di tutto, da Pisa – tentennò il capo Aldo, con orgoglio. – Ci sono passate anche le onde gravitazionali, figurati te se non ci passano milioni di persone. Siamo un porto di mare. Magari non più letteralmente, ma nel concreto, sì. Persone di tutti i tipi, che parlano le lingue più diverse.

– Già, a proposito – si inserì Pilade, che va bene che Pisa è bella e quando si può bisogna dirlo, però magari non esageriamo, – ma poi te l'hai capito cosa volevano di' quelle donne quando dicevano che l'avevano vista da Darsoi?

– Ah, quello. Io non so se Aldo e Armando abbiano la risposta, ma credo di saperlo. Dove l'abbiamo vista, per la prima volta, la poveretta che è morta? Sharon Pigliacelli?

– Sì, in quer programma televisivo... quello pomeridiano, dove...

E Ampelio rimase a bocca aperta. Meno male che c'era allenato, sennò rischiava di farsi male.

– Dove parlano di morti ammazzati e scomparse violente. Esatto. Te lo ricordi come si chiama la conduttrice?

E dopo la mattina e il pomeriggio, finalmente, la sera.

Sera che Massimo aveva trascorso a casa, dopo essere passato a prendere Alice in commissariato e averla portata a casa armi e bagagli.

Avevano cenato, in un silenzio nuovo per quegli ultimi giorni. Solo verso la fine della cena, Alice aveva parlato, continuando a guardare nel piatto.

– Sai qual è la cosa peggiore? La cosa che non riesco a togliermi dalla testa?

No, non lo so, aveva detto Massimo, restando zitto.

– Sai come si sono conosciuti Olga e Matteo Rossi? Me lo ha raccontato Matteo, ieri, dopo aver sbracato. Praticamente lui era nello studio del padre, in sala d'attesa. Doveva parlare col babbo cinque minuti ma era mezz'ora che lo aspettava, e allora si era messo a studiare, e non si è accorto che nel frattempo era arrivata una cliente del padre, o se se ne è accorto non ci ha fatto caso. In fondo, era una tipa smarrita con l'aria da badante.

– Insomma, il Rossi junior aveva in mano un testo di economia, dove si parlava dell'equilibrio tra domanda e offerta in termini di equazioni differenziali. A quanto pare, il ragazzo era un po' arrugginito e certe cose non se le ricordava, per cui cercava di arrabattarsi a capire, e si stava un pochino innervosendo, quando arriva la badante e fa: Bisogno di aiuto? No, fa lui, sa, sono cose di matematica che non riesco a capire bene. Sì, fa lei, se vuoi ti posso aiutare. Sono ingegnere elettronico, le equazioni differenziali le conosco bene.

Alice dette un altro sorso al bicchiere d'acqua a temperatura ambiente, triste come lei.

– Viene fuori che 'sta ragazza ha studiato ingegneria a Donetsk. E poi si è ritrovata in Italia insieme col marito, che è venuto qui per fare il calciatore ma poi ha avuto dei guai ed è finito come è finito. E a lei è toccato doversi arrangiare, e alla fine si è messa a fare la badante. Poi ha avuto un colpo di culo, ha conosciuto uno ricco e gentile, e dopo ancora arriva Alice Martelli e glielo sfila di sotto.

– La cosa ti fa star male – disse Massimo. Ovvietà, ma cosa dici a una che ti sta raccontando una cosa del genere?

– Non poco – disse Alice, rimestando con la forchetta nel piatto quasi intatto. – Non poco, no.

– Aspettami qui – disse Massimo. – Vado a prendere una cosa.

Tornò dopo pochi istanti, con in mano un libro dalla copertina rosa.

– Ecco qua. Leggi.
– Cos'è?

– Poesia. Me lo ha dato Aldo, un paio di mesi fa.

E, messo sotto il naso di Alice il libro, aperto alla pagina giusta, attese.

Che cos'è necessario?
È necessario scrivere una domanda,
e alla domanda allegare il curriculum.

A prescindere da quanto si è vissuto
il curriculum dovrebbe essere breve.

È d'obbligo concisione e selezione dei fatti.
Cambiare paesaggi in indirizzi
e malcerti ricordi in date fisse.

Di tutti gli amori basta quello coniugale,
e dei bambini solo quelli nati.

Conta di più chi ti conosce di chi conosci tu.
I viaggi solo se all'estero.
L'appartenenza a un che, ma senza perché.
Onorificenze senza motivazione.

Scrivi come se non parlassi mai con te stesso
e ti evitassi.

Sorvola su cani, gatti e uccelli,
cianfrusaglie del passato, amici e sogni.

Meglio il prezzo che il valore
e il titolo che il contenuto.

*Meglio il numero di scarpa, che non dove va
colui per cui ti scambiano.*

*Aggiungi una foto con l'orecchio in vista.
È la sua forma che conta, non ciò che sente.
Cosa si sente?
Il fragore delle macchine che tritano la carta.*

Alice terminò di leggere la poesia.

Poi, senza alzarsi dalla sedia, allargò un braccio e abbracciò Massimo alla vita.

A volte, per stare meno male, basta che gli altri capiscano perché stai male.

– Invece stasera si sta proprio bene. Hai notato che non c'è nemmeno puzzo di fritto?

Alice, infagottata in un pigiamone da gita di terza media, regalò a Massimo il primo vero sorriso della serata. Incredibile con quanta roba addosso riusciva a dormire.

– L'ho notato? Bello, ringrazia la qui presente. Se non c'ero io...

– Cioè, hai convinto la Gorgonoide a non friggere? Cos'hai fatto, sei andata su in divisa?

– No, no. Cioè, non io.

– Ah. E chi?

– I colleghi. I NAS.

– I NAS? Cioè, friggere è illegale?

– Se lo fai di straforo e poi mandi tuo cugino a vendere i bomboloni in spiaggia senza licenza, sì.

Avete presente, vero, che ogni tanto vi rendete conto che capire sarebbe stato così semplice, se solo uno ci avesse pensato?

– Non ci credo.

– Allora spiegami perché ha smesso di friggere.

– Ma questa frigge anche d'inverno...

– Infatti d'inverno suo cugino vende i bomboloni di fronte alle scuole medie. O meglio, vendeva. Credo che da un paio di giorni a questa parte stia rivedendo le sue possibilità di carriera.

– Ma magari in questo modo ci si manteneva...

– Sì. Esattamente come fai te. Dava da mangiare alla gente –. Alice si tirò su e si sistemò meglio i cuscini. – Con la differenza che te paghi le tasse, se uno esce dal bar senza scontrino ti arriva una multa a quattro zeri e se hai un lavandino fuori misura i NAS sono capaci di chiuderti il locale. Senza contare quello che ti può succedere se per caso un cliente mangia roba guasta.

– Insomma, è tutto per il mio bene. Che pensiero gentile.

– No, è che la legge dovrebbe servire anche a questo. Se guardi la persona che commette il reato, ha sempre dei buoni motivi per farlo. Il problema è che ci sono molte più persone che i reati non li commettono –. Alice si sistemò i cuscini l'ultima volta, prima di affondare nella loro confortevole poffosità. – Ecco, io penso a loro.

– Che senso civico.

– Pigli in giro?

– Mah, ho l'impressione che non ti dispiaccia poi così tanto. Per questa tizia di sopra, intendo. Secondo me sei proprio soddisfatta.

– Va bene, è vero. Provo parecchia intima soddisfazione quando riesco a rimettere a posto qualcuno che se lo merita, sia secondo la legge che secondo Alice Martelli. Anche a me ogni tanto le persone stanno sui coglioni. Non hai mica l'esclusiva, sai?

Vecchiano, 23 marzo 2016

Per finire

Ringrazio Samantha, per avermi raccontato un giorno di settembre una storia di ville dipinte e di badanti ambientata in un paesino della costa toscana. Come quasi tutti hanno capito, quando la trama di un mio libro funziona meglio del solito è perché non è mia.

Ringrazio i miei editor privati: Virgilio&Serena, Mimmo&Letizia, il Totaro e la Cheli (sì, sempre lei, ora che sta a Milano la conosce ancor più gente) e il comune di Olmo Marmorito, ai quali ricordo che non ci si dovrebbe lamentare degli arbitraggi quando si prendono quattro gol. Sia che si giochi contro la Juve, sia che si giochi contro il Bayern Monaco.

E, parlando di calcio, ringrazio in anticipo anche Gennaro Gattuso, i giocatori e i tifosi del Pisa Calcio, i quali saranno inorriditi nel leggere la tremenda gufata contenuta in queste pagine, se riusciranno a non lanciarmi contumelie nel caso in cui il Pisa non raggiunga la promozione. E se me le lanceranno, pazienza: me le sarò meritate tutte...

Indice

La battaglia navale

Inizio	13
Uno	21
Due	31
Tre	43
$\log_2(16)$	52
Tra il quattro e il cinque	63
Cinque e un pezzettino	69
Sei, anche sei e mezzo	78
Sette	89
Otto	96
Nove	110
Ho perso il conto	121
Undici, come Pulici	130
Undici e qualcosa	140
+ 39 3405317001 Massimo amore mio	152
Tre giorni prima del dodici	155
Dodici	157
Epilogo	165
Per finire	179

Questo volume è stato stampato
su carta Palatina
delle Cartiere di Fabriano
nel mese di aprile 2016
presso la Leva Printing srl - Sesto S. Giovanni (MI)
e confezionato
presso IGF s.p.a. - Aldeno (TN)

La memoria

Ultimi volumi pubblicati

601 Augusto De Angelis. La barchetta di cristallo
602 Manuel Puig. Scende la notte tropicale
603 Gian Carlo Fusco. La lunga marcia
604 Ugo Cornia. Roma
605 Lisa Foa. È andata così
606 Vittorio Nisticò. L'Ora dei ricordi
607 Pablo De Santis. Il calligrafo di Voltaire
608 Anthony Trollope. Le torri di Barchester
609 Mario Soldati. La verità sul caso Motta
610 Jorge Ibargüengoitia. Le morte
611 Alicia Giménez-Bartlett. Un bastimento carico di riso
612 Luciano Folgore. La trappola colorata
613 Giorgio Scerbanenco. Rossa
614 Luciano Anselmi. Il palazzaccio
615 Guillaume Prévost. L'assassino e il profeta
616 John Ball. La calda notte dell'ispettore Tibbs
617 Michele Perriera. Finirà questa malìa?
618 Alexandre Dumas. I Cenci
619 Alexandre Dumas. I Borgia
620 Mario Specchio. Morte di un medico
621 Giorgio Frasca Polara. Cose di Sicilia e di siciliani
622 Sergej Dovlatov. Il Parco di Puškin
623 Andrea Camilleri. La pazienza del ragno
624 Pietro Pancrazi. Della tolleranza
625 Edith de la Héronnière. La ballata dei pellegrini
626 Roberto Bassi. Scaramucce sul lago Ladoga
627 Alexandre Dumas. Il grande dizionario di cucina
628 Eduardo Rebulla. Stati di sospensione
629 Roberto Bolaño. La pista di ghiaccio
630 Domenico Seminerio. Senza re né regno
631 Penelope Fitzgerald. Innocenza
632 Margaret Doody. Aristotele e i veleni di Atene
633 Salvo Licata. Il mondo è degli sconosciuti
634 Mario Soldati. Fuga in Italia

635 Alessandra Lavagnino. Via dei Serpenti
636 Roberto Bolaño. Un romanzetto canaglia
637 Emanuele Levi. Il giornale di Emanuele
638 Maj Sjöwall, Per Wahlöö. Roseanna
639 Anthony Trollope. Il Dottor Thorne
640 Studs Terkel. I giganti del jazz
641 Manuel Puig. Il tradimento di Rita Hayworth
642 Andrea Camilleri. Privo di titolo
643 Anonimo. Romanzo di Alessandro
644 Gian Carlo Fusco. A Roma con Bubù
645 Mario Soldati. La giacca verde
646 Luciano Canfora. La sentenza
647 Annie Vivanti. Racconti americani
648 Piero Calamandrei. Ada con gli occhi stellanti. Lettere 1908-1915
649 Budd Schulberg. Perché corre Sammy?
650 Alberto Vigevani. Lettera al signor Alzheryan
651 Isabelle de Charrière. Lettere da Losanna
652 Alexandre Dumas. La marchesa di Ganges
653 Alexandre Dumas. Murat
654 Constantin Photiadès. Le vite del conte di Cagliostro
655 Augusto De Angelis. Il candeliere a sette fiamme
656 Andrea Camilleri. La luna di carta
657 Alicia Giménez-Bartlett. Il caso del lituano
658 Jorge Ibargüengoitia. Ammazzate il leone
659 Thomas Hardy. Una romantica avventura
660 Paul Scarron. Romanzo buffo
661 Mario Soldati. La finestra
662 Roberto Bolaño. Monsieur Pain
663 Louis-Alexandre Andrault de Langeron. La battaglia di Austerlitz
664 William Riley Burnett. Giungla d'asfalto
665 Maj Sjöwall, Per Wahlöö. Un assassino di troppo
666 Guillaume Prévost. Jules Verne e il mistero della camera oscura
667 Honoré de Balzac. Massime e pensieri di Napoleone
668 Jules Michelet, Athénaïs Mialaret. Lettere d'amore
669 Gian Carlo Fusco. Mussolini e le donne
670 Pier Luigi Celli. Un anno nella vita
671 Margaret Doody. Aristotele e i Misteri di Eleusi
672 Mario Soldati. Il padre degli orfani
673 Alessandra Lavagnino. Un inverno. 1943-1944
674 Anthony Trollope. La Canonica di Framley
675 Domenico Seminerio. Il cammello e la corda
676 Annie Vivanti. Marion artista di caffè-concerto
677 Giuseppe Bonaviri. L'incredibile storia di un cranio
678 Andrea Camilleri. La vampa d'agosto
679 Mario Soldati. Cinematografo
680 Pierre Boileau, Thomas Narcejac. I vedovi
681 Honoré de Balzac. Il parroco di Tours

682 Béatrix Saule. La giornata di Luigi XIV. 16 novembre 1700
683 Roberto Bolaño. Il gaucho insostenibile
684 Giorgio Scerbanenco. Uomini ragno
685 William Riley Burnett. Piccolo Cesare
686 Maj Sjöwall, Per Wahlöö. L'uomo al balcone
687 Davide Camarrone. Lorenza e il commissario
688 Sergej Dovlatov. La marcia dei solitari
689 Mario Soldati. Un viaggio a Lourdes
690 Gianrico Carofiglio. Ragionevoli dubbi
691 Tullio Kezich. Una notte terribile e confusa
692 Alexandre Dumas. Maria Stuarda
693 Clemente Manenti. Ungheria 1956. Il cardinale e il suo custode
694 Andrea Camilleri. Le ali della sfinge
695 Gaetano Savatteri. Gli uomini che non si voltano
696 Giuseppe Bonaviri. Il sarto della stradalunga
697 Constant Wairy. Il valletto di Napoleone
698 Gian Carlo Fusco. Papa Giovanni
699 Luigi Capuana. Il Raccontafiabe
700
701 Angelo Morino. Rosso taranta
702 Michele Perriera. La casa
703 Ugo Cornia. Le pratiche del disgusto
704 Luigi Filippo d'Amico. L'uomo delle contraddizioni. Pirandello visto da vicino
705 Giuseppe Scaraffia. Dizionario del dandy
706 Enrico Micheli. Italo
707 Andrea Camilleri. Le pecore e il pastore
708 Maria Attanasio. Il falsario di Caltagirone
709 Roberto Bolaño. Anversa
710 John Mortimer. Nuovi casi per l'avvocato Rumpole
711 Alicia Giménez-Bartlett. Nido vuoto
712 Toni Maraini. La lettera da Benares
713 Maj Sjöwall, Per Wahlöö. Il poliziotto che ride
714 Budd Schulberg. I disincantati
715 Alda Bruno. Germani in bellavista
716 Marco Malvaldi. La briscola in cinque
717 Andrea Camilleri. La pista di sabbia
718 Stefano Vilardo. Tutti dicono Germania Germania
719 Marcello Venturi. L'ultimo veliero
720 Augusto De Angelis. L'impronta del gatto
721 Giorgio Scerbanenco. Annalisa e il passaggio a livello
722 Anthony Trollope. La Casetta ad Allington
723 Marco Santagata. Il salto degli Orlandi
724 Ruggero Cappuccio. La notte dei due silenzi
725 Sergej Dovlatov. Il libro invisibile
726 Giorgio Bassani. I Promessi Sposi. Un esperimento
727 Andrea Camilleri. Maruzza Musumeci

728 Furio Bordon. Il canto dell'orco
729 Francesco Laudadio. Scrivano Ingannamorte
730 Louise de Vilmorin. Coco Chanel
731 Alberto Vigevani. All'ombra di mio padre
732 Alexandre Dumas. Il cavaliere di Sainte-Hermine
733 Adriano Sofri. Chi è il mio prossimo
734 Gianrico Carofiglio. L'arte del dubbio
735 Jacques Boulenger. Il romanzo di Merlino
736 Annie Vivanti. I divoratori
737 Mario Soldati. L'amico gesuita
738 Umberto Domina. La moglie che ha sbagliato cugino
739 Maj Sjöwall, Per Wahlöö. L'autopompa fantasma
740 Alexandre Dumas. Il tulipano nero
741 Giorgio Scerbanenco. Sei giorni di preavviso
742 Domenico Seminerio. Il manoscritto di Shakespeare
743 André Gorz. Lettera a D. Storia di un amore
744 Andrea Camilleri. Il campo del vasaio
745 Adriano Sofri. Contro Giuliano. Noi uomini, le donne e l'aborto
746 Luisa Adorno. Tutti qui con me
747 Carlo Flamigni. Un tranquillo paese di Romagna
748 Teresa Solana. Delitto imperfetto
749 Penelope Fitzgerald. Strategie di fuga
750 Andrea Camilleri. Il casellante
751 Mario Soldati. ah! il Mundial!
752 Giuseppe Bonarivi. La divina foresta
753 Maria Savi-Lopez. Leggende del mare
754 Francisco García Pavón. Il regno di Witiza
755 Augusto De Angelis. Giobbe Tuama & C.
756 Eduardo Rebulla. La misura delle cose
757 Maj Sjöwall, Per Wahlöö. Omicidio al Savoy
758 Gaetano Savatteri. Uno per tutti
759 Eugenio Baroncelli. Libro di candele
760 Bill James. Protezione
761 Marco Malvaldi. Il gioco delle tre carte
762 Giorgio Scerbanenco. La bambola cieca
763 Danilo Dolci. Racconti siciliani
764 Andrea Camilleri. L'età del dubbio
765 Carmelo Samonà. Fratelli
766 Jacques Boulenger. Lancillotto del Lago
767 Hans Fallada. E adesso, pover'uomo?
768 Alda Bruno. Tacchino farcito
769 Gian Carlo Fusco. La Legione straniera
770 Piero Calamandrei. Per la scuola
771 Michèle Lesbre. Il canapé rosso
772 Adriano Sofri. La notte che Pinelli
773 Sergej Dovlatov. Il giornale invisibile
774 Tullio Kezich. Noi che abbiamo fatto La dolce vita

775 Mario Soldati. Corrispondenti di guerra
776 Maj Sjöwall, Per Wahlöö. L'uomo che andò in fumo
777 Andrea Camilleri. Il sonaglio
778 Michele Perriera. I nostri tempi
779 Alberto Vigevani. Il battello per Kew
780 Alicia Giménez-Bartlett. Il silenzio dei chiostri
781 Angelo Morino. Quando internet non c'era
782 Augusto De Angelis. Il banchiere assassinato
783 Michel Maffesoli. Icone d'oggi
784 Mehmet Murat Somer. Scandaloso omicidio a Istanbul
785 Francesco Recami. Il ragazzo che leggeva Maigret
786 Bill James. Confessione
787 Roberto Bolaño. I detective selvaggi
788 Giorgio Scerbanenco. Nessuno è colpevole
789 Andrea Camilleri. La danza del gabbiano
790 Giuseppe Bonaviri. Notti sull'altura
791 Giuseppe Tornatore. Baarìa
792 Alicia Giménez-Bartlett. Una stanza tutta per gli altri
793 Furio Bordon. A gentile richiesta
794 Davide Camarrone. Questo è un uomo
795 Andrea Camilleri. La rizzagliata
796 Jacques Bonnet. I fantasmi delle biblioteche
797 Marek Edelman. C'era l'amore nel ghetto
798 Danilo Dolci. Banditi a Partinico
799 Vicki Baum. Grand Hotel
800
801 Anthony Trollope. Le ultime cronache del Barset
802 Arnoldo Foà. Autobiografia di un artista burbero
803 Herta Müller. Lo sguardo estraneo
804 Gianrico Carofiglio. Le perfezioni provvisorie
805 Gian Mauro Costa. Il libro di legno
806 Carlo Flamigni. Circostanze casuali
807 Maj Sjöwall, Per Wahlöö. L'uomo sul tetto
808 Herta Müller. Cristina e il suo doppio
809 Martin Suter. L'ultimo dei Weynfeldt
810 Andrea Camilleri. Il nipote del Negus
811 Teresa Solana. Scorciatoia per il paradiso
812 Francesco M. Cataluccio. Vado a vedere se di là è meglio
813 Allen S. Weiss. Baudelaire cerca gloria
814 Thornton Wilder. Idi di marzo
815 Esmahan Aykol. Hotel Bosforo
816 Davide Enia. Italia-Brasile 3 a 2
817 Giorgio Scerbanenco. L'antro dei filosofi
818 Pietro Grossi. Martini
819 Budd Schulberg. Fronte del porto
820 Andrea Camilleri. La caccia al tesoro
821 Marco Malvaldi. Il re dei giochi

822 Francisco García Pavón. Le sorelle scarlatte
823 Colin Dexter. L'ultima corsa per Woodstock
824 Augusto De Angelis. Sei donne e un libro
825 Giuseppe Bonaviri. L'enorme tempo
826 Bill James. Club
827 Alicia Giménez-Bartlett. Vita sentimentale di un camionista
828 Maj Sjöwall, Per Wahlöö. La camera chiusa
829 Andrea Molesini. Non tutti i bastardi sono di Vienna
830 Michèle Lesbre. Nina per caso
831 Herta Müller. In trappola
832 Hans Fallada. Ognuno muore solo
833 Andrea Camilleri. Il sorriso di Angelica
834 Eugenio Baroncelli. Mosche d'inverno
835 Margaret Doody. Aristotele e i delitti d'Egitto
836 Sergej Dovlatov. La filiale
837 Anthony Trollope. La vita oggi
838 Martin Suter. Com'è piccolo il mondo!
839 Marco Malvaldi. Odore di chiuso
840 Giorgio Scerbanenco. Il cane che parla
841 Festa per Elsa
842 Paul Léautaud. Amori
843 Claudio Coletta. Viale del Policlinico
844 Luigi Pirandello. Racconti per una sera a teatro
845 Andrea Camilleri. Gran Circo Taddei e altre storie di Vigàta
846 Paolo Di Stefano. La catastròfa. Marcinelle 8 agosto 1956
847 Carlo Flamigni. Senso comune
848 Antonio Tabucchi. Racconti con figure
849 Esmahan Aykol. Appartamento a Istanbul
850 Francesco M. Cataluccio. Chernobyl
851 Colin Dexter. Al momento della scomparsa la ragazza indossava
852 Simonetta Agnello Hornby. Un filo d'olio
853 Lawrence Block. L'Ottavo Passo
854 Carlos María Domínguez. La casa di carta
855 Luciano Canfora. La meravigliosa storia del falso Artemidoro
856 Ben Pastor. Il Signore delle cento ossa
857 Francesco Recami. La casa di ringhiera
858 Andrea Camilleri. Il gioco degli specchi
859 Giorgio Scerbanenco. Lo scandalo dell'osservatorio astronomico
860 Carla Melazzini. Insegnare al principe di Danimarca
861 Bill James. Rose, rose
862 Roberto Bolaño, A. G. Porta. Consigli di un discepolo di Jim Morrison a un fanatico di Joyce
863 Stefano Benni. La traccia dell'angelo
864 Martin Suter. Allmen e le libellule
865 Giorgio Scerbanenco. Nebbia sul Naviglio e altri racconti gialli e neri
866 Danilo Dolci. Processo all'articolo 4
867 Maj Sjöwall, Per Wahlöö. Terroristi

868 Ricardo Romero. La sindrome di Rasputin
869 Alicia Giménez-Bartlett. Giorni d'amore e inganno
870 Andrea Camilleri. La setta degli angeli
871 Guglielmo Petroni. Il nome delle parole
872 Giorgio Fontana. Per legge superiore
873 Anthony Trollope. Lady Anna
874 Gian Mauro Costa, Carlo Flamigni, Alicia Giménez-Bartlett, Marco Malvaldi, Ben Pastor, Santo Piazzese, Francesco Recami. Un Natale in giallo
875 Marco Malvaldi. La carta più alta
876 Franz Zeise. L'Armada
877 Colin Dexter. Il mondo silenzioso di Nicholas Quinn
878 Salvatore Silvano Nigro. Il Principe fulvo
879 Ben Pastor. Lumen
880 Dante Troisi. Diario di un giudice
881 Ginevra Bompiani. La stazione termale
882 Andrea Camilleri. La Regina di Pomerania e altre storie di Vigàta
883 Tom Stoppard. La sponda dell'utopia
884 Bill James. Il detective è morto
885 Margaret Doody. Aristotele e la favola dei due corvi bianchi
886 Hans Fallada. Nel mio paese straniero
887 Esmahan Aykol. Divorzio alla turca
888 Angelo Morino. Il film della sua vita
889 Eugenio Baroncelli. Falene. 237 vite quasi perfette
890 Francesco Recami. Gli scheletri nell'armadio
891 Teresa Solana. Sette casi di sangue e una storia d'amore
892 Daria Galateria. Scritti galeotti
893 Andrea Camilleri. Una lama di luce
894 Martin Suter. Allmen e il diamante rosa
895 Carlo Flamigni. Giallo uovo
896 Maj Sjöwall, Per Wahlöö. Il milionario
897 Gian Mauro Costa. Festa di piazza
898 Gianni Bonina. I sette giorni di Allah
899 Carlo María Domínguez. La costa cieca
900
901 Colin Dexter. Niente vacanze per l'ispettore Morse
902 Francesco M. Cataluccio. L'ambaradan delle quisquiglie
903 Giuseppe Barbera. Conca d'oro
904 Andrea Camilleri. Una voce di notte
905 Giuseppe Scaraffia. I piaceri dei grandi
906 Sergio Valzania. La Bolla d'oro
907 Héctor Abad Faciolince. Trattato di culinaria per donne tristi
908 Mario Giorgianni. La forma della sorte
909 Marco Malvaldi. Milioni di milioni
910 Bill James. Il mattatore
911 Esmahan Aykol, Andrea Camilleri, Gian Mauro Costa, Marco Malvaldi, Antonio Manzini, Francesco Recami. Capodanno in giallo

912 Alicia Giménez-Bartlett. Gli onori di casa
913 Giuseppe Tornatore. La migliore offerta
914 Vincenzo Consolo. Esercizi di cronaca
915 Stanisław Lem. Solaris
916 Antonio Manzini. Pista nera
917 Xiao Bai. Intrigo a Shanghai
918 Ben Pastor. Il cielo di stagno
919 Andrea Camilleri. La rivoluzione della luna
920 Colin Dexter. L'ispettore Morse e le morti di Jericho
921 Paolo Di Stefano. Giallo d'Avola
922 Francesco M. Cataluccio. La memoria degli Uffizi
923 Alan Bradley. Aringhe rosse senza mostarda
924 Davide Enia. maggio '43
925 Andrea Molesini. La primavera del lupo
926 Eugenio Baroncelli. Pagine bianche. 55 libri che non ho scritto
927 Roberto Mazzucco. I sicari di Trastevere
928 Ignazio Buttitta. La peddi nova
929 Andrea Camilleri. Un covo di vipere
930 Lawrence Block. Un'altra notte a Brooklyn
931 Francesco Recami. Il segreto di Angela
932 Andrea Camilleri, Gian Mauro Costa, Alicia Giménez-Bartlett, Marco Malvaldi, Antonio Manzini, Francesco Recami. Ferragosto in giallo
933 Alicia Giménez-Bartlett. Segreta Penelope
934 Bill James. Tip Top
935 Davide Camarrone. L'ultima indagine del Commissario
936 Storie della Resistenza
937 John Glassco. Memorie di Montparnasse
938 Marco Malvaldi. Argento vivo
939 Andrea Camilleri. La banda Sacco
940 Ben Pastor. Luna bugiarda
941 Santo Piazzese. Blues di mezz'autunno
942 Alan Bradley. Il Natale di Flavia de Luce
943 Margaret Doody. Aristotele nel regno di Alessandro
944 Maurizio de Giovanni, Alicia Giménez-Bartlett, Bill James, Marco Malvaldi, Antonio Manzini, Francesco Recami. Regalo di Natale
945 Anthony Trollope. Orley Farm
946 Adriano Sofri. Machiavelli, Tupac e la Principessa
947 Antonio Manzini. La costola di Adamo
948 Lorenza Mazzetti. Diario londinese
949 Gian Mauro Costa, Alicia Giménez-Bartlett, Marco Malvaldi, Antonio Manzini, Francesco Recami. Carnevale in giallo
950 Marco Steiner. Il corvo di pietra
951 Colin Dexter. Il mistero del terzo miglio
952 Jennifer Worth. Chiamate la levatrice
953 Andrea Camilleri. Inseguendo un'ombra
954 Nicola Fantini, Laura Pariani. Nostra Signora degli scorpioni

955 Davide Camarrone. Lampaduza
956 José Roman. Chez Maxim's. Ricordi di un fattorino
957 Luciano Canfora. 1914
958 Alessandro Robecchi. Questa non è una canzone d'amore
959 Gian Mauro Costa. L'ultima scommessa
960 Giorgio Fontana. Morte di un uomo felice
961 Andrea Molesini. Presagio
962 La partita di pallone. Storie di calcio
963 Andrea Camilleri. La piramide di fango
964 Beda Romano. Il ragazzo di Erfurt
965 Anthony Trollope. Il Primo Ministro
966 Francesco Recami. Il caso Kakoiannis-Sforza
967 Alan Bradley. A spasso tra le tombe
968 Claudio Coletta. Amstel blues
969 Alicia Giménez-Bartlett, Marco Malvaldi, Antonio Manzini, Francesco Recami, Alessandro Robecchi, Gaetano Savatteri. Vacanze in giallo
970 Carlo Flamigni. La compagnia di Ramazzotto
971 Alicia Giménez-Bartlett. Dove nessuno ti troverà
972 Colin Dexter. Il segreto della camera 3
973 Adriano Sofri. Reagì Mauro Rostagno sorridendo
974 Augusto De Angelis. Il canotto insanguinato
975 Esmahan Aykol. Tango a Istanbul
976 Josefina Aldecoa. Storia di una maestra
977 Marco Malvaldi. Il telefono senza fili
978 Franco Lorenzoni. I bambini pensano grande
979 Eugenio Baroncelli. Gli incantevoli scarti. Cento romanzi di cento parole
980 Andrea Camilleri. Morte in mare aperto e altre indagini del giovane Montalbano
981 Ben Pastor. La strada per Itaca
982 Esmahan Aykol, Alan Bradley, Gian Mauro Costa, Maurizio de Giovanni, Nicola Fantini e Laura Pariani, Alicia Giménez-Bartlett, Francesco Recami. La scuola in giallo
983 Antonio Manzini. Non è stagione
984 Antoine de Saint-Exupéry. Il Piccolo Principe
985 Martin Suter. Allmen e le dalie
986 Piero Violante. Swinging Palermo
987 Marco Balzano, Francesco M. Cataluccio, Neige De Benedetti, Paolo Di Stefano, Giorgio Fontana, Helena Janeczek. Milano
988 Colin Dexter. La fanciulla è morta
989 Manuel Vázquez Montalbán. Galíndez
990 Federico Maria Sardelli. L'affare Vivaldi
991 Alessandro Robecchi. Dove sei stanotte
992 Nicola Fantini e Laura Pariani, Marco Malvaldi, Dominique Manotti, Antonio Manzini, Francesco Recami, Gaetano Savatteri. La crisi in giallo

993 Jennifer Worth. Tra le vite di Londra
994 Hai voluto la bicicletta. Il piacere della fatica
995 Alan Bradley. Un segreto per Flavia de Luce
996 Giampaolo Simi. Cosa resta di noi
997 Alessandro Barbero. Il divano di Istanbul
998 Scott Spencer. Un amore senza fine
999 Antonio Tabucchi. La nostalgia del possibile
1000 La memoria di Elvira
1001 Andrea Camilleri. La giostra degli scambi
1002 Enrico Deaglio. Storia vera e terribile tra Sicilia e America
1003 Francesco Recami. L'uomo con la valigia
1004 Fabio Stassi. Fumisteria
1005 Alicia Giménez-Bartlett, Marco Malvaldi, Antonio Manzini, Santo Piazzese, Francesco Recami, Gaetano Savatteri. Turisti in giallo
1006 Bill James. Un taglio radicale
1007 Alexander Langer. Il viaggiatore leggero. Scritti 1961-1995
1008 Antonio Manzini. Era di maggio
1009 Alicia Giménez-Bartlett. Sei casi per Petra Delicado
1010 Ben Pastor. Kaputt Mundi
1011 Nino Vetri. Il Michelangelo
1012 Andrea Camilleri. Le vichinghe volanti e altre storie d'amore a Vigàta
1013 Elvio Fassone. Fine pena: ora
1014 Dominique Manotti. Oro nero
1015 Marco Steiner. Oltremare
1016 Marco Malvaldi. Buchi nella sabbia
1017 Pamela Lyndon Travers. Zia Sass
1018 Giosuè Calaciura, Gianni Di Gregorio, Antonio Manzini, Fabio Stassi, Giordano Tedoldi, Chiara Valerio. Storie dalla città eterna
1019 Giuseppe Tornatore. La corrispondenza
1020 Rudi Assuntino, Wlodek Goldkorn. Il guardiano. Marek Edelman racconta
1021 Antonio Manzini. Cinque indagini romane per Rocco Schiavone
1022 Lodovico Festa. La provvidenza rossa
1023 Giuseppe Scaraffia. Il demone della frivolezza
1024 Colin Dexter. Il gioiello che era nostro
1025 Alessandro Robecchi. Di rabbia e di vento
1026 Yasmina Khadra. L'attentato
1027 Maj Sjöwall, Tomas Ross. La donna che sembrava Greta Garbo
1028 Daria Galateria. L'etichetta alla corte di Versailles. Dizionario dei privilegi nell'età del Re Sole
1029 Marco Balzano. Il figlio del figlio